小木屋的故事系列

农庄男孩

（插图版）

[美]罗兰·英格斯·怀德 ◎著
陈亚慧 ◎译

吉林美术出版社 | 全国百佳图书出版单位

图书在版编目（CIP）数据

农庄男孩：插图版 / (美) 罗兰·英格斯·怀德著；陈亚慧译. -- 长春：吉林美术出版社, 2023.5
（小木屋的故事系列）
ISBN 978-7-5575-5657-0

Ⅰ.①农… Ⅱ.①罗… ②陈… Ⅲ.①儿童小说－长篇小说－美国－现代 Ⅳ.①I712.84

中国版本图书馆CIP数据核字（2020）第130865号

小木屋的故事系列　农庄男孩
XIAO MUWU DE GUSHI XILIE　NONGZHUANG NANHAI

出 版 人	华　鹏
作　　者	[美]罗兰·英格斯·怀德 著
译　　者	陈亚慧
责任编辑	栾　云
装祯设计	张合涛
开　　本	680mm×960mm　1/16
印　　张	13
字　　数	170千字
版　　次	2023年5月第1版
印　　次	2023年5月第1次印刷
出版发行	吉林美术出版社
地　　址	长春市净月开发区福祉大路5788号
邮　　编	130118
印　　刷	天津海德伟业印务有限公司
书　　号	ISBN 978-7-5575-5657-0
定　　价	45.00元

目录

contents

第一章

上学的第一天

六十七年前的一月，美国纽约州北部，大地一片白雪皑皑。那些厚重的冰雪堆积在橡树、枫树和山毛榉光秃秃的树枝上，松树、云杉的绿色树冠也被压弯了。滚滚而来的雪浪覆盖了广阔的田野和高耸的石墙。

森林里有一条蜿蜒伸向远方的小路，小路上有四个孩子正在缓慢前行，他们是十三岁的罗雷、十二岁的伊丽莎、十岁的艾丽丝，还有不到九岁的阿曼乐。今天，是年纪最小的阿曼乐第一天去上学。

阿曼乐手里拎着所有人的午餐饭盒，他必须不停地小步快走，才能勉强跟得上哥哥姐姐们的脚步。

“罗雷应该提饭盒，”阿曼乐不服气地说，“因为他比我大。”

罗雷大步走在最前面，他穿着马靴，高高的个子就像个大人似的。

伊丽莎反驳：“不行，阿曼乐，你最小，今天该轮到你拿着了。”伊丽莎最喜欢发号施令，她总认为自己知道该怎么做才最好，所以经常对艾丽丝和阿曼乐呼来唤去。

通往学校的小路上有一道被雪橇压出来的痕迹。阿曼乐紧跟着罗雷，而艾丽丝则紧跟着伊丽莎。小路的两边积着厚厚的雪，雪花如棉花般柔软。他们要走过一段斜坡路，跨过一座小桥，再穿过冰雪覆盖的森林，就能抵达学校了。

天气冷极了，阿曼乐的眼睛被寒风吹得刺痛，鼻子也没有知觉了。幸好，他穿着厚厚的羊毛大衣，身上暖烘烘的。

爸养了一群绵羊，每年都可以剪下大量羊毛。羊毛被妈收集起来纺成线。她先用核桃皮的汁液给棉线染色，然后把染色的棉线织成一匹匹布，并经过反复浸泡，最后让它收缩成厚重结实的布料。妈就是使用这样的布料给他们制作衣服的。羊毛布料的衣服既保暖又防风，还能防水呢。

妈将优质羊毛染织成红色布料，色彩如樱桃一般鲜艳，然后给阿曼乐织成了一件既柔软又轻便的背心。这件背心既舒适又暖和，红红的，很漂亮。

阿曼乐穿着棕色长裤，裤腰上钉着一圈闪闪发光的金色扣子，这样就把长裤和背心扣在了一起。背心的领口非常贴合，纽扣可以一直扣到下巴处，那件棕色的外衣也是同样的设计。妈还用棕色布料给阿曼乐缝了一顶带护耳的帽子，护耳下面有带子可以系在下巴下面。他的红色手套上面也系着一根带子，这根带子从大衣袖子里穿上去，绕过后脖颈，这样就不会把手套弄掉了。他穿了两双袜子，一双穿在里面，另一双则套在长裤的外面。脚上的鞋子是一双鹿皮鞋，与印第安人穿的那种一样。

在这样寒冷的冬天，女孩们外出时都会戴上一个厚厚的面纱。阿曼乐是男孩子，他的脸只能裸露在刺骨的寒风中，脸颊被冻得像个红苹果，连鼻尖都冻得通红。就这样在雪地里走上一英里半[①]的路程以后，他终于看到了学校的房子，心里别提有多高兴了。

学校坐落在哈慈克拉布山的山脚下。学校的烟囱里冒着一缕一缕的青烟。学校的老师正忙着从积雪中铲出来一条小路，一直通向学校的大门。五个大男孩正在那儿追逐嬉闹。

阿曼乐瞄了一眼那五个大男孩，开始紧张起来。罗雷内心也很慌，脸上却一副镇定自若的表情。当地的小男孩都很害怕哈慈克拉布山区的大孩子们。

那些大孩子会无缘无故地把小男孩的雪橇摔在地上；他们还会抓起小男孩的脚使劲儿轮一圈，然后突然松开手，把小男孩丢进雪堆里；有时候，他们会命令两个小男孩互相殴打，小男孩不敢动手，只能不断哀求他们放过自己。

① 1英里=1.609344公里。

这些男孩十六七岁，每年都会在冬季学期过了一半才来学校。他们经常在上课的时候故意惹老师生气，把课堂纪律搅得一塌糊涂。他们得意扬扬地到处炫耀没有一位老师能在学校里待到冬季学期结束，事实也的确如此。

这个学期，学校新换了一位叫柯斯的年轻任课老师。柯斯先生身材消瘦，脸色苍白。他的脾气特别好，很有耐心。就算有学生写不出单词，他也不会对他们发火。阿曼乐在心里暗暗地替柯斯先生担心，因为他体格非常弱小，根本不是大男孩们的对手。

教室里很安静，外面大男孩的吵闹声听得一清二楚。孩子们聚集在教室中央的火炉周围，交头接耳地小声说着什么。柯斯先生坐在讲桌后面，正用手托着下巴认真地看着书。他听到门口有响动，抬起头看了看，笑着打了个招呼："早上好！"

罗雷、伊丽莎和艾丽丝都礼貌地向柯斯先生问好："早上好，柯斯先生。"只有阿曼乐一言不发，好奇地打量着柯斯先生。柯斯先生笑了笑，对阿曼乐说："你知道吗？从今天晚上开始，我会跟你们一起回家。"

阿曼乐愣住了，不知道该怎么回答。"是的，"柯斯先生又说道，"从今天开始，我该去你们家住了。"

原来，学校有个规定，学生家庭得轮流为老师提供两周食宿。等老师在每个孩子家里住一遍后，一个学期也就结束了。

打完招呼，柯斯先生用尺子敲了敲桌面，示意大家该上课了。围在火炉周围的孩子们听到响声，纷纷回到自己的座位上。教室的左边坐着女孩子，右边坐着男孩子，中间是取暖用的火炉和堆放木柴的大箱子。矮个儿坐在教室前面几排，中等个儿坐中间几排，高个儿坐在后面几排。桌椅都是统一的规格，这样一来，小孩子的脚够不着地，大孩子的腿只能蜷缩在课桌下面。

阿曼乐和路易斯这两个小男孩都是初级班的学生，被柯斯先生安排坐在了第一排，面前没有书桌，只能用双手捧着课本。

柯斯先生走到窗边，伸手敲了几下玻璃窗。正在雪地上玩耍的那几个大男孩听到声音，嬉闹着跑回来，用力撞开教室的门，趾高气扬地走了进来。其中一个叫比尔的孩子长得又高又大，差不多跟阿曼乐的爸一样高，拳头也不比爸的拳头小，他是他们的头儿。比尔使劲儿跺了跺鞋子上的雪，就“咣当”一声坐到了座位上。另外四个孩子也学着比尔的样子，故意大声说笑着。

柯斯先生静静地看着他们，一句话都没有说。

上课以后就不可以随便大声说话了，也不准东张西望。大部分学生都很守纪律，认真地看着自己的课本。阿曼乐和路易斯坐在自己的位子上，两只手紧紧地抓着课本；两条腿尽量保持不动，但一会儿就麻木了。阿曼乐常常不自觉地突然抬起一条腿，而他自己根本意识不到。阿曼乐极力装着什么也没发生，可是他知道柯斯先生在看他。

后面的那些大男孩一直在交头接耳，有时候还互相打闹，一会儿又故意摔课本。

柯斯先生抬起头，严肃地说：“请保持安静。”

大男孩们听到柯斯先生的话，只安静了一会儿，就又开始胡闹了。其实，他们是故意这样做的，因为他们就是想要刺激柯斯先生。如果柯斯先生控制不住情绪，惩罚他们，他们就会一起拥上去把他围起来，狠狠地打一顿。

终于轮到初级班上课了，阿曼乐和路易斯小心地从座位上滑下来，站到讲桌旁边。柯斯先生翻开阿曼乐的课本，开始教他们拼写单词。

以前，罗雷念初级班的时候，每天晚上回家手掌都会又红又肿。那是因为他没能拼写出老师教的单词，所以老师用尺子打了他的手心。每次，爸都严肃地对罗雷说："听着，如果你下次还是写不出来，不但老师会打你，连我也会狠狠地教训你，看你还长不长记性！"

但是，柯斯先生才不会打人呢！阿曼乐写不出单词的时候，柯斯先生总会耐心地说："下课以后要好好温习才行。"

下课了，女孩们最先走出教室。她们戴上面纱，穿好斗篷，静悄悄地走出教室。大约十五分钟以后，柯斯先生敲几下玻璃窗，女孩们就都回到教室，脱下外套挂好，然后回到座位上拿出课本。之后，就轮到男孩子出去玩了。

他们欢呼着冲出教室，在冰天雪地里快活地叫喊着。最先跑出教室的孩子开始互相扔雪球。有的男孩拉着雪橇爬上哈慈克拉布山的小山坡，然后趴在雪橇上，从坡顶滑下来。他们用雪球互相追打着，还朝其他同学脸上扔雪球。

这个时候，阿曼乐却不得不跟女孩们一起留在教室里学习，这让他觉得非常丢人。

到了中午休息的时候，孩子们可以在教室里自由走动，小声说话。

伊丽莎把从家里带来的午餐饭盒打开摆在课桌上，饭盒里不但有他们爱吃的奶油面包、香肠、甜甜圈、苹果，还有四个美味可口的苹果派。

阿曼乐很快就吃完了他的午餐，并且舔了舔手指，然后用木勺从饭盒里舀了一勺水喝。阿曼乐穿上外套，戴好帽子和手套，高兴地跑到外面去玩了。

正午的阳光照在雪白的大地上，反射出刺眼的光芒。一阵清脆的马铃声响了起来，伐木的工人乘着雪橇从山上下来了。他们坐在堆满木头的长雪橇上，一边挥舞着鞭子，一边吆喝着让马快跑。抱着雪橇的男孩们跟着跑了过去，他们想把自己的雪橇搭在长雪橇的滑板上。没有雪橇的男孩一骨碌就爬到木材堆上，搭上了大雪橇。

他们欢呼着，从学校前面的斜坡上滑下去。在下面滑着雪橇的男孩不停地向坐在木头上面的男孩掷着雪球，上面坐着的男孩也互相推搡着，有些男孩甚至被推下了木堆。阿曼乐和路易斯坐在雪橇上，大声尖叫着滑了下去。

从山坡上滑过学校只需要片刻工夫，可是走回学校却要花很长的时间。最开始，他们还慢悠悠地一边打闹一边走，后来感觉要错过上课的时间了，就纷纷小跑起来。他们都很害怕迟到，因为柯斯先生一定会责备他们的。

校园里非常安静，他们不敢走进去，但又不得不进去，只好悄悄地溜进了教室。柯斯先生正坐在讲桌后面的椅子上，所有的女孩子都坐在自己的位子上安静地看着课本，而男孩子这边的座位却都是空的。

在这令人恐惧的寂静中，阿曼乐溜到自己的座位上，拿起课本看了起来，连大气都不敢出一下。柯斯先生一句话都没有说。

比尔和那几个大男孩却一点儿都不在乎，他们仍旧互相打闹着走到自己的座位坐下。这时，柯斯先生才开口说话："今天，你们都迟到了，我可以当作什么事都没发生。但是，不能再有下次了！"

事实上，大家心里都明白：那些大男孩下次肯定还会迟到的，因为他们就是想故意惹恼柯斯先生，然后趁机跟他打一架。

第二章

寒冷的傍晚

寒风刺骨，树枝被风吹得咔咔作响。森林里的光线暗了下来，雪地上映出灰白色的亮光。四周很快被笼罩在夜幕之下，这时阿曼乐还走在回家的路上。

柯斯先生走在前面，罗雷跟在后面，接着是阿曼乐。小路的另一侧是伊丽莎和艾丽丝。他们在刺骨的寒风里匆忙地赶路，嘴紧闭着，一言不发。

阿曼乐的家是一栋红色的房子，屋檐很高，屋顶上覆盖着厚厚的积雪，屋檐四周挂了一圈粗壮的冰凌，大门是黑色的。有一条雪橇压出的小道通向牲口棚，积雪中还有另一条铲出的通向侧门的小路。厨房的窗户里透出微弱的烛光。

阿曼乐没有直接进屋。他把午餐饭盒交给艾丽丝，然后跟罗雷一起去了牲口棚。

阿曼乐家一共有三个很长、很宽敞的牲口棚，分别建在一块方形空地的北面、西面和南面。它们可以说是附近最棒的牲口棚了。

阿曼乐先走进马棚。马棚有一百英尺[①]长，就盖在房子的对面。

① 1英尺=0.3048米。

马棚的一头是牛棚和鸡舍，另一头是马车房。马车房非常大，不但可以同时容纳两辆马车和一辆雪橇，而且还有足够的空间用来解开马具。马可以从马车棚直接走进马厩，不必在外面受冻了。

马棚的西侧是个大牲口棚。大牲口棚的中间有一块开阔的空地，边上有几扇通往牧场的门，以方便装满干草的马车进入。大牲口棚的一头是一间长五十英尺、宽二十英尺的干草房，里面堆满了干草，几乎都要挨着房顶了。大牲口棚里面还有十四间牛舍，紧挨着牛舍的是一间机器房和一间工具房，从工具房绕出去，就是南牲口棚了。

南牲口棚里有饲料房、猪圈和牛犊圈，还有一块专门打麦子用的空地。这块空地可比大牲口棚的那块空地大多了，摆放着一台扬谷机。空地旁边还有一个牛棚，牛棚边上则是羊圈。这就是南牲口棚的整体情况。

方形空地的东面有一道十二英尺高的木栅栏，把三个牲口棚紧紧地围了起来。所以，尽管屋外寒风号叫，雪花不停地拍打着屋子，但是屋内也非常暖和，在空地的屋顶上，积雪从未超过两英尺厚。

阿曼乐每次都从牲口棚的小门走进马棚。他非常喜欢马。这些聪明睿智的马安静地站在马厩里咀嚼着干草，它们的皮毛油光发亮，长长的鬃毛和尾巴漂亮极了。那些三岁的小马把鼻子贴近木栏，好像在说着悄悄话。有时候，它们喜欢用鼻子去蹭一蹭同伴的脖颈并发出微微的嘶叫。有一匹淘气的小马用鼻子拱了拱另外一匹小马的脖子，那匹小马假装要去咬它，于是它们就嬉戏起来，激动地乱跑着、嘶叫着。老马们回过头来，就像慈祥的老祖母般疼爱地看着它们。

这些马都认得阿曼乐。只要阿曼乐一来，它们就高兴地竖起耳朵，温柔地望着他。而那些小马会赶紧凑过来，急切地伸出头，用鼻子轻轻地蹭他。它们的鼻子头摸起来像天鹅绒一般柔软，额头上的短小柔软的鬃毛像丝绸一般柔滑。它们把脖子神气地拱起来，那些长长的鬃毛垂下来，就像流苏一样顺滑。只要把手伸进那光滑的鬃毛里面，就可以轻易摸到它们坚实的颈部。阿曼乐却不敢那样做，因为爸不准他那样做。

爸不让阿曼乐进入马厩去亲近那些小马，是担心他会一不小心毁掉那些还没有驯服的小马。因为阿曼乐只有八岁大，很可能会在不经意中吓坏小马，它们就会变得爱踢人、咬人，甚至仇恨人类。如果真的是这样，那它就再也不能被驯化成一匹好马了。

阿曼乐是一个懂事的孩子，他不会去故意吓唬或者伤害那些可爱的小马，也从来没有大声训斥过它们，他只是想看看它们。可是，爸对他还是有些信不过。所以，阿曼乐只能用渴望的眼神看一会儿这些热情活泼的小家伙，伸手抚摸一下它们软软的鼻子，然后就慌张地走开了。

阿曼乐把工作服穿在自己上学时穿的衣服外面。

这时，爸刚刚给牲口喝完水，正在喂它们吃饲料。罗雷和阿曼乐用干草叉将地上潮湿的干草清理干净，然后抱了一些干净的干草铺在地上。这样，公牛、母牛、小牛和绵羊就可以躺在干净的干草上舒服地睡觉了。

他们不用在猪圈里铺干草，因为小猪自己会把睡觉的地方打理得干干净净的。

阿曼乐的两头小牛关在南面的牲口棚。它们一看见阿曼乐走进来，就急切地朝他奔过来。这两头小牛的皮毛都是红色的，其中一头的前额有一小块白斑，阿曼乐叫它“星星”；另一头小牛全身的皮毛都红得发亮，阿曼乐叫它“亮亮”。

星星和亮亮都是小牛犊，还不满一周岁呢！它们的小角才刚刚从耳边的软毛下冒出来，正在渐渐长硬。小牛很喜欢阿曼乐这样爱抚它们，高兴地伸出粗糙的舌头温和地舔着阿曼乐。

阿曼乐从食槽里拿出两根胡萝卜，掰成小块，喂给小牛们吃。

然后，阿曼乐拎着干草叉，爬上高高的干草棚。那里的光线很暗，只有微弱的光从脚下过道的铁皮灯的孔照射出来。爸不准他们带着灯笼进入干草棚里，以防起火。不一会儿，两人就适应了这样昏暗的环境。

他们迅速把干草扔进牲口的食槽里。阿曼乐能清楚地听见牲口们咀嚼干草的声音。干草散发出一股香甜的味道，混合着马的味道、牛的味道还有绵羊的气味。

还没等他们把食槽里填满干草，爸就已经开始挤牛奶了。新鲜的奶香气从奶桶里飘了出来。阿曼乐拿起奶桶，搬个小板凳坐在奶牛花花的旁边，开始给花花挤奶。阿曼乐的力气还不够大，没办法给那些强健的奶牛挤奶，但是奶牛花花和西西都是性格比较温顺的老母牛，非常配合阿曼乐挤牛奶，并且它们不会甩起尾巴抽打阿曼乐的眼睛，也不会突然抬起后腿踢翻奶桶。

阿曼乐把奶桶放在两腿之间，开始不慌不忙地挤起牛奶来。白花花的牛奶流进了奶桶。这时奶牛也没闲着，它正慢悠悠地嚼着干草和胡萝卜呢。

几只大花猫蜷着身子趴在角落里，喵喵地叫着。它们的耳朵很大，尾巴也很长，这种猫特别会捉老鼠。它们的身子胖乎乎的，因为仓库里总有许多老鼠供大猫美餐。不管白天还是晚上，它们都会在仓库里巡逻，提防那些老鼠偷吃饲料。挤奶的时候，它们会凑上来，喝热热的鲜牛奶。阿曼乐挤完牛奶，就往猫食盆里倒了些牛奶放在地上。

这时，爸提着奶桶和凳子坐在奶牛花花的身边，继续给花花挤奶。可是，阿曼乐已经挤得很干净了。爸又向奶牛西西走去。不一会儿，爸就出来了，他高兴地对阿曼乐说："儿子，你真是一个超级棒的挤奶工！"

阿曼乐高兴地围着栅栏转了一圈，又用脚踢了踢地板上散落的干草。他觉得很骄傲，因为他可以自己挤牛奶了，再也不用爸帮忙再挤一次了。用不了多久，他就可以去给那些强健的奶牛挤奶了！

爸长着一双快乐的蓝色眼睛，闪闪发光。他身材魁梧，留着浓密的棕色胡须，以及柔软的棕色头发。他穿着一件棕色的羊毛长

袍，下摆一直垂到高高的靴筒上面。虽然他经常把长袍塞进长裤里面，但一干活儿衣摆就会不自觉地掉下来。

爸是一个大人物，他拥有一个很大的农场。爸驾驶的马车是附近最好的马车。每次爸驾着马车去马龙镇办事，当地人都很尊敬地跟他交谈，因为爸是个非常讲信用的人，就是随口答应别人的事情，也会尽力办到。他每年都会把很多钱存进银行。

罗雷一手拎着奶桶、一手提着灯走了过来，小声地说："爸，比尔今天来学校了。"

从铁皮灯笼的小孔里照射出的光芒，在每件东西上投下小小的光斑和一圈阴影。阿曼乐看到爸表情严肃地摸了摸胡须，轻轻地摇了摇头。阿曼乐还在等爸对此发表一些看法，可是爸一句话也没说，只是举起灯笼在牲口棚里照了一圈，没发现什么异样，然后就带着大家一起到屋子里去了。

天气十分寒冷。夜空一直被黑暗笼罩着，星星在夜空中发出淡淡的光亮。阿曼乐很高兴回到大厨房里，因为这里有温暖的炉火和明亮的烛光。一走进厨房，阿曼乐就感觉肚子饿了。

炉灶上面烧了满满一铁桶雪水。阿曼乐跟着爸和罗雷舀了一些热水，在门后的脸盆里洗了洗脸和手。阿曼乐用一条大毛巾擦干了脸，然后，他对着镜子把湿漉漉的头发从中间分开，向脑后梳理整齐。

厨房里，穿着篷篷裙的伊丽莎和艾丽丝像跳舞一样，转来转去地帮妈准备着晚餐。闻到从煎锅里飘出的火腿的香味，阿曼乐觉得自己更饿了。

阿曼乐站在食物贮藏室门前看了看。妈正背对着他过滤牛奶。储藏室两边的架子上摆满了各种各样的食物，有黄色的大块奶酪、褐色的枫糖饼、冒着香气的脆皮面包、刚做好的蛋糕等等，其中一个面包被切掉了一块，好像就等着阿曼乐过去品尝似的。

阿曼乐正打算拿起来吃，就听见伊丽莎在身后大声地嚷道：“阿曼乐，现在不能吃！”然后她又喊了一声：“妈！”

妈没回头，说道：“阿曼乐，现在不能吃，不然一会儿你该吃不下晚饭了。”

阿曼乐气坏了，就吃那么一小口，怎么会影响吃晚饭呢？他现在已经饿坏了，桌子上摆着那么多好吃的，可是什么也不能吃，这样太没道理了！当然，他也不敢反驳什么，只能按照妈说的去做了。

阿曼乐冲伊丽莎吐了吐舌头，但伊丽莎并不能对他怎么样，因为这时候她手里拿满了东西。接着，他快速地走进了餐厅。

餐厅里灯光耀眼。爸和柯斯先生坐在嵌到屋子墙壁里的方形火炉旁聊天，好像是在讨论政治问题。爸朝着餐桌坐着，所以，阿曼乐不敢伸手去拿餐桌上的东西吃。

餐桌上摆着很多食物，喷香的奶酪、美味的猪肉糕、果酱、果冻和蜜饯、热气腾腾的烤豆子，还有一些酥脆金黄的猪油渣。

阿曼乐看到这么多好吃的东西，肚子叫得更厉害了，但他只能咽了咽口水，不甘心地走开了。

餐厅被妈装饰得非常漂亮，壁纸的底色是巧克力色的，上面印着绿色的花纹和红色的小花图案。妈还织了一张碎布地毯，正好与壁纸相搭配。她把碎布染成了绿色和巧克力色，然后把它们制成长布条，再往布条里面编进红色布条和白色碎布，最终才织成了现在的地毯。餐厅的角落里有一个高脚壁橱，里面摆放着很多漂亮的装饰品，比如奇形怪状的石头、海螺壳、木化石，还有书籍。餐桌的上方悬挂着一个艾丽丝用黄麦秆编织的空中小城堡。城堡四角点缀着鲜艳的布条。风一吹，空中城堡就会跟着飘荡起来，在饭桌灯光的照射下，闪耀出金色的光芒。

但是在阿曼乐看来，世界上最美的是正端着一大盘刚刚煎好的火腿走进来的妈。火腿在木盘子上嘶嘶作响。妈不太高，但身形丰满，有着一双蓝色的眼睛和一头柔顺的棕色头发。她上身套着一件酒红色的羊毛裙子，腰间系着一条白色的围裙，从领口到腰际镶着一排精致的红色纽扣。

妈端着一个蓝色的大浅盘，衣袖像红色大铃铛一样垂在盘子的两边。走到门口的时候，妈稍稍停顿了一下，拉一拉裙摆，因为她的篷裙比门还宽呢！闻到火腿散发出的阵阵香味，阿曼乐差点儿就忍不住了。

妈把托盘放在桌子上，检查了餐具。然后，她转身回到厨房，脱下围裙挂了起来。她在等爸和柯斯先生结束谈话。过了一会儿，妈还是忍不住提醒着："詹姆斯，晚餐已经准备好了。"

似乎过了好长一段时间，他们才坐在餐桌旁。爸坐在餐桌的顶头，妈坐在餐桌的另一端。大家都微微地低着头，耐心地等候爸做完饭前的祷告。祷告完毕，爸摊开一块餐巾，把餐巾的一角塞进领圈里，然后就开始给大家分菜。爸先是给柯斯先生分了一些菜，然后是妈，接下来是罗雷、伊丽莎和艾丽丝，最后才是阿曼乐。

阿曼乐轻轻地说了一声："谢谢。"这是他唯一能在餐桌上说的话，因为用餐的规矩是：大人可以一边吃一边讲话，小孩不可以。

阿曼乐吃了些熟透了的烤豆和香脆的猪油渣，这些猪油渣一入口就像奶油一样融化在嘴里了，然后吃了些蘸着火腿汁的土豆、火腿，又大口大口地吃完了涂满奶油的面包，接下来是南瓜和萝卜泥。阿曼乐缓了口气，才将自己的餐巾往领口里又塞了塞。接着，他又开始对梅子蜜饯、草莓果酱、葡萄果冻和泡菜发起了进攻。最后，阿曼乐感觉吃饱了，又拿起一块南瓜派，不紧不慢地品尝着。

爸跟柯斯先生一边吃饭一边聊天："刚才罗雷跟我说，今天哈慈克拉布山区那几个孩子去学校上课了？"

"是啊！"柯斯先生无奈地说。

"听说，他们想把你也赶走？"

"没错，他们的确有这个打算。"柯斯先生说。

爸端起茶杯吹了吹，一口喝了下去，然后又续上了一杯。"已经有两位老师被他们赶走了。"爸说，"去年，乔纳斯·莱恩被他们打成了重伤，没过多长时间就去世了。"

"哦，我知道这件事。乔纳斯·莱恩是我的朋友，我们上学时经常在一起。"柯斯先生说。

爸听了柯斯先生的话，没再说什么。

第三章

冬　夜

吃完晚饭，阿曼乐开始保养他那双软皮鞋。每天晚上，他都会坐在厨房的炉灶旁边把软皮鞋擦拭干净。他先把油脂放到炉灶上面烤化，然后把溶化了的油脂涂抹到软皮鞋上面，这样保养可以使皮鞋一直很舒适，令双脚都暖烘烘的。阿曼乐将鞋子上能抹油保养的地方，都上了油。

罗雷也坐在炉灶旁打理他的皮靴。阿曼乐不可以穿靴子，因为他还太小。

女孩们则忙着帮妈清洗餐具和整理厨房。

爸在地下室把一堆土豆和胡萝卜都切成小块，准备第二天喂牛。干完这些活儿以后，爸端着一盘子苹果，抱着一大壶苹果汁，从地下室走了上来。

这时，罗雷拿出了爆米花机和玉米粒。妈把炉灶里的火用柴灰盖住，这样第二天就不用重新生火了。等所有人都离开了厨房，妈吹灭了蜡烛。

接着，大家就舒舒服服地坐在餐厅的壁炉旁边。壁炉的后面是一个客厅，只有在家里来客人的时候才用得到。这个大壁炉非常

棒，将餐厅和客厅烘得非常温暖，它的烟囱也是楼上卧室的暖气管，它的顶部还是一个烤炉。

罗雷打开壁炉的铁门，捅碎了烧焦的木炭，顿时，火光闪耀。他抓了三把玉米粒放进铁丝网制成的爆米花机里，然后把爆米花机放到木炭上面烤着。没过一会儿，玉米粒就开始爆了，一个、两个、三个，接着所有的玉米粒都乒乒乓乓地爆裂开了。

大盘子里装满了白色松软的爆米花，艾丽丝把已经溶化好了的黄油浇在爆米花上，搅拌均匀，再放一些盐粒。这样大家就吃上又香又脆的爆米花啦！

妈织着毛衣。爸小心地用一片碎玻璃削着一把新斧头的手柄。罗雷用一根光滑的松木枝雕刻着一串木链子。艾丽丝则坐在垫子上，认真地忙活着羊毛刺绣。大家一边干着活儿，一边吃着爆米花和苹果，喝着苹果汁。而伊丽莎这时候正在大声地朗读《纽约周报》上面的新闻。

阿曼乐手里拿着一个苹果，坐在壁炉边的一个小凳子上，身边放着一碗喷香的爆米花，脚边放着一大杯苹果汁。他咬上一口多汁的苹果，吃一小把爆米花，然后再喝一口清爽的苹果汁，满脑子想的都是爆米花的故事。

虽然爆米花现在是美国人常吃的食品，不过在清教徒到达美洲之前，只有印第安人会制作爆米花。清教徒来到美洲以后的第一个感恩节，邀请了当地的印第安人来家里做客。印第安人带了一大袋爆米花做礼物，谁也不知道那是什么东西。虽然印第安人最先做出了爆米花，但他们做的爆米花一点儿也不好吃，因为他们当时不懂得在爆米花里放黄油和盐来调味，而且，爆米花在袋里放的时间太长了，口感非常硬。

阿曼乐吃每一颗爆米花之前，都会把它放到手里看一看：每颗爆米花的形状都各不相同。他已经吃过无数颗爆米花了，但没有两颗爆米花的形状是一模一样的。这时候他又想：要是现在有一杯牛奶就好了，就能用牛奶泡爆米花吃了！

你可以先装满一杯牛奶，再装满一杯爆米花，然后将爆米花一颗颗地扔进牛奶杯里，而牛奶并不会溢出来。但是把爆米花换成面包，牛奶就会溢出来。所以，只有爆米花和牛奶这两样东西放到一起，牛奶才可能在同一个位置而不溢出来。

虽然牛奶泡爆米花味道很不错，但阿曼乐现在还不太饿，而且他也知道妈不可能允许他此时去搅动牛奶桶。如果在奶油上浮期间搅动了牛奶桶，奶油就会变得很稀。所以，阿曼乐又吃了一个苹果，并就着苹果汁吃了很多爆米花，却一直都没提牛奶爆米花的事情。

时钟响了九下，睡觉的时间到了。罗雷收起了手里的木链子，艾丽丝把刺绣卷起来放好，妈也把毛衣针插进线团。爸站起来给落地钟上好了发条，然后把一些木柴扔进壁炉里，并关上了通风口。

柯斯先生说："今天晚上真冷啊！"

爸说："是啊，零下四十摄氏度了，凌晨之前肯定会更冷。"

罗雷点燃了一根蜡烛，阿曼乐迷迷糊糊地跟在他后面朝楼上走去。楼梯口寒冷的空气一下就让他变得清醒了。他跑着冲进卧室，可是卧室里也很冷。他脱掉身上的衣服，然后迅速穿上长羊毛睡袍，戴好了睡帽。其实，他应该先跪下来做睡前祷告，但他没有。他的鼻子冻得发痛，打战的牙齿咯咯直响。他一头钻到松软的羽绒被里，被子一直盖到鼻子。

等阿曼乐一觉醒来时，听到楼下的落地钟响了十二下。卧室里一片漆黑，他什么都看不见，空气中似乎还有着细小的冰屑。他听到楼下有人在走动，然后是厨房门被打开和关上的声音。阿曼乐知道，这是爸去牲口棚了。

尽管阿曼乐家的牲口棚已经很大了，但还是无法容纳所有的牲口在里面过夜。所以，有二十五头牛不得不在牲口棚里的空地上睡觉。在这样寒冷的夜里，如果那些牛一动不动地睡上一整晚，很有可能在睡梦中被冻死。因此，爸不得不半夜就钻出温暖的被窝，去唤醒熟睡中的小牛。

在这漆黑阴冷的夜里，爸叫醒小牛们以后，就挥舞着手里的鞭子，驱赶它们在院子里跑上几圈，直到它们的身上散发出热气。

阿曼乐再一次睁开眼睛时，衣橱上面的蜡烛还在燃烧着。罗雷正在穿衣服，他呵出的气在空气中变成了一团团的白雾。

眨眼间，罗雷不见了，蜡烛也不见了，阿曼乐听见妈的声音从楼下传来："阿曼乐，已经五点钟了，你生病了吗？"

阿曼乐连忙爬起来，浑身冻得直哆嗦。他穿上长裤和外套，急忙从楼上跑到厨房的炉灶前，将衣服扣好。爸和罗雷都已经去牲口棚干活儿了。阿曼乐连忙提起奶桶，也赶了过去。天还没亮，万籁俱寂。天空中稀稀落落地散落着几颗星星。

喂完了所有的家畜以后，罗雷、阿曼乐跟着爸回到温暖的厨房。早餐准备得差不多了，香气四溢。妈正在做煎饼，蓝色的平底锅在火炉上热着，里面铺满了浇着肉汁的香肠饼。

阿曼乐赶紧洗漱、梳头。等妈滤完了牛奶，大家都围着餐桌坐下来，等待着爸祷告结束，开始吃早餐。

今天的早餐非常丰盛，有加了奶油和枫糖的燕麦粥，还有油炸土豆和焦黄酥脆的煎饼，这些煎饼又香又脆，可以就着香肠和肉汁吃，也可以蘸着黄油和枫糖吃。此外，还有许多甜点，像蜜饯、果酱、果冻和甜甜圈。但是，阿曼乐最喜欢的还是苹果派，表皮酥脆、果汁丰富。他一口气就吃掉了两大块。

吃过了早餐，阿曼乐戴上有护耳罩的帽子，用围巾围住鼻子，戴上连指手套，提上饭盒，又一次踏上了去学校的漫长之路。

其实，阿曼乐一点儿都不想去学校，因为他总是担心看到那些大男孩欺负柯斯先生。但是他快九岁了，必须得去上学。

第四章
出乎意料

伐木工人每天中午都会从哈慈克拉布山上下来。每到这时，男孩们总是会把自己的小雪橇系在工人的大雪橇上，顺着陡坡滑下去。但是，他们只能滑行一小段路程，就得匆匆赶回学校。当然，那几个大男孩才不会担心迟到，也不在乎柯斯先生是否会惩罚他们。

有一天，那几个大男孩直到快放学了才回到教室。他们不紧不慢地溜达进教室，轻蔑地对柯斯先生笑了笑。等到他们坐回到座位上，柯斯先生站起来，面无表情地说道："再有下次，我一定惩罚你们！"

每个人心里都清楚第二天将会发生什么。

那天晚上回到家以后，罗雷和阿曼乐把这件事告诉了爸。阿曼乐说这样对柯斯先生太不公平了，因为他并不强壮，恐怕连一个大男孩都对付不了，更别提一帮大男孩了。

阿曼乐愤愤地说："如果我长得再高一点儿就好了，那样，我就会帮助柯斯先生狠狠地揍他们一顿！"

可是爸却对阿曼乐说："孩子，这不关你的事。柯斯先生是学校董事会请来的老师，他们早已告知了柯斯先生他的责任以及会面临的现状，而他还是接受了这份工作。这是柯斯先生的工作，不是你的。”

“可是，他们会打死柯斯先生的！”阿曼乐叫道。

“那也是柯斯先生自己的事。”爸说，“一个真正的男人，做事情就得坚持到底。如果柯斯先生是个敢作敢当的男人，他就肯定能做到。没有人可以阻止得了他。”

阿曼乐还是忍不住嘟囔着：“可这还是不公平，他根本就打不过那些大男孩。”

“对你的担心我也感到无能为力，儿子！”爸拍了拍阿曼乐的肩膀说，“好了，去干活儿吧，这些农活儿今晚必须干完。”

阿曼乐只好去干活儿了。

第二天上午，阿曼乐捧着课本，一个字也没看进去，因为他担心柯斯先生会出意外。阿曼乐知道，如果等会儿初级班上课，他不会读课本，柯斯先生又会把他跟女孩们一起留在教室里复习功课，但他还是没办法集中精力学习，他心里一直盼望着柯斯先生可以打败那帮浑小子。

中午休息的时候，阿曼乐去外面玩，比尔的父亲瑞奇先生正驾着雪橇拉着木头从山上滑下来。所有的男孩都停止了玩耍，一动不动地站在原地，盯着瑞奇先生。他是一个高大粗野的男人，嗓门特别大，笑起来也很大声。让大家感到非常吃惊的是，他竟然认为比尔打老师和扰乱学校的教学秩序都是非常值得骄傲的事情。

没有一个孩子敢跑过去把自己的雪橇挂在瑞奇先生的大雪橇上，只有比尔和他的伙伴们爬到大雪橇的木头上，开始嬉闹。大雪橇滑到了路的拐弯处就不见了。小男孩们顾不上玩耍，都聚在一起小声地议论着即将发生的事。

这时，柯斯先生敲了敲玻璃窗，大家表情凝重地走进教室，安安静静地坐在自己的座位上。

整整一下午，没有一个人知道在讲什么功课。柯斯先生挨个让孩子们回答问题，他们站成了一排，低着头看着脚趾和那带有裂纹的地板，全都答不上柯斯先生的问题。柯斯先生并没有惩罚他们，只是平静地说："明天，我们要把今天学的内容重新再学一遍。"

但是大家心里都非常清楚，过了今天，恐怕柯斯先生就再也不会来学校了。一个小女孩哭了起来，很快，又有三四个小女孩也跟着伤心地哭了。阿曼乐坐在自己的座位上，两只眼睛使劲儿地盯着课本，一动也不动。

过了很久，柯斯先生让阿曼乐站到讲桌旁边，让他念一遍刚才学过的课文。课本上的那些字阿曼乐都认识，但他的嗓子好像被什么东西卡住了。柯斯先生耐心地等着阿曼乐念课文，阿曼乐站在那儿，眼睛盯着课本，一个字都没念出来。这时，门外响起了那几个大男孩的脚步声。

柯斯先生用瘦弱的手轻轻地拍着阿曼乐的肩膀说："好了，阿曼乐，你先回到座位上去吧。"

教室里很安静，大家的心里都紧张极了，担心会发生什么不好的事情。那些大男孩一路上吵闹着、推搡着，然后猛地撞开了教室的门。比尔像往常一样毫不在乎地走在最前面，其他大男孩跟在他的后边。

柯斯先生静静地看着他们，一句话都没说。比尔放肆地冲着柯斯先生大笑，柯斯先生还是都没说话。后面的几个大男孩故意撞了一下比尔，比尔又再次奚落了柯斯先生几句，然后重重地坐到自己的座位上。

柯斯先生掀开讲桌的桌面，一只手伸了进去，大声喊道："比尔，到前面来。"

比尔听了柯斯先生的话，猛地跳起来，脱掉身上的外套，大吼了声："伙计们，跟我一起上！"说完，他就从过道上冲了上去。阿曼乐觉得胃里一阵难受，他实在看不下去了，但是他又无能为力。

柯斯先生从讲桌下面拿出一条又长又细又黑的东西，然后在空中挥舞了一下，发出"嗖"的一声。

原来，那是一根足有十五英寸①长的牛皮鞭。短把手上包着铁皮，它的威力完全能够打死一头牛。柯斯先生握着短把手，用力一挥舞，皮鞭缠住了比尔的腿。柯斯先生又将手中的鞭子猛地拉回来。比尔摇晃一下，差点儿摔倒。接着黑鞭子又在空中闪了一下，再一次缠上了比尔的腿。

"比尔！快来呀！"柯斯先生一边说一边用鞭子缠着比尔往自己这边拉，一边拉一边后退。

比尔无法接近柯斯先生。鞭子不断地甩过来，每次都能准确

① 1英寸=0.0254米。

无误地缠到比尔的腿上。就这样，在教室前面，他们一人在奋力抽打，一人在拼命躲闪。很快比尔就来到了老师的讲台前。柯斯先生抽打着鞭子，同时边跑边往后退。

比尔的裤子已经被抽破了，衬衫也被扯开了，手臂被抽打出一道一道的血印子。比尔冲向柯斯先生，但又被甩过来的鞭子绊住了腿，四脚朝天地倒在地上。比尔骂骂咧咧地爬起来，想抓起柯斯先生的椅子扔过去，可是鞭子把他抽得团团转。最后，他开始像一头受伤的小牛一样哀号。

鞭子仍然在挥舞，柯斯把比尔拽到教室门口，扔出了门外。之后，柯斯先生迅速关上门锁好，回过头来大声说："约翰，现在轮到你了！"

约翰正站在过道上，惊恐不安地看着柯斯先生。他转身想逃跑，可是，柯斯先生一个箭步上前，迅速地挥动手中的皮鞭，用力将他拉到前面来。先生，饶了我吧，别抽我！先生……"约翰哭喊着求饶，柯斯先生不理睬他。约翰吓得满头大汗，已经上气不接下气了。鞭子像蛇一样盘旋缠绕，柯斯先生将约翰拖到门口，将他也扔了出去，然后关上门，转过身来。

另外几个大男孩早就被吓得魂飞魄散，他们慌慌张张地打开教室的窗户，从窗口跳进外面深深的雪堆里，连滚带爬地逃走了。

柯斯先生把鞭子卷好放回讲桌下面，然后掏出一块手帕擦了擦额头上的汗，又整理了一下衣领，说："罗雷，请帮忙把窗户关上，可以吗？"

罗雷蹑手蹑脚地走到窗边，关好了窗户。接着，柯斯先生就开始上数学课了。但是，根本没人认真听课。那天下午，谁都没记住柯斯先生到底讲了些什么，甚至连课间休息都忘记了。

阿曼乐已经开始焦急地等着放学了，他想跟其他男孩一起冲出教室大声欢呼：那些大男孩输了！哈慈克拉布山地区的那些坏孩子被柯斯先生教训了一顿！

不过，一直到了吃晚餐的时候，阿曼乐才从爸和柯斯先生的谈话中知道了整件事最精彩的部分。

“罗雷告诉我，那帮大男孩并没有把你赶出去。”爸说。

柯斯先生说：“是的，幸好有你的黑皮牛鞭！”

正在埋头吃饭的阿曼乐听到了这话，忙抬起头惊讶地望向爸。原来爸知道这件事！是爸帮助柯斯先生打败了比尔那帮坏孩子！这一刻，阿曼乐觉得：爸是全世界最聪明、最伟大、最厉害的人。

爸接着说，那天下午，当那些大男孩神气地坐在瑞奇的雪橇上，宣称他们要把柯斯先生狠狠地打一顿时，瑞奇先生竟然觉得光荣，而且他坚信那帮大男孩可以做到。所以，他一见到别人就炫耀说，他的儿子今天下午就要去把老师赶走呢！当然，他也把这些话对阿曼乐的爸讲了一遍。

阿曼乐想象着一幅场景：当瑞奇先生回家后看到痛哭流涕的比尔，该是多么吃惊呀！

第五章

生日礼物

第二天早上，阿曼乐正在喝燕麦粥时，爸告诉他今天是他的生日。阿曼乐都忘了。在这个寒冷的冬天的早晨，阿曼乐足足满九岁啦！

爸接着说：“你的生日礼物在柴房里。”

阿曼乐想立刻去看看是什么礼物，可妈说，他得好好吃早餐，不然会生病的，如果生了病，就得吃药了。阿曼乐只好赶快吃饭，可是妈又说：“孩子，吃饭的时候要细嚼慢咽。”

妈对于小孩子吃东西的要求总是那么多，不管你怎么乖巧地吃饭，妈总是感觉不够好。

终于，阿曼乐吃完了早餐，他像一阵风一样跑向柴房。在柴房里，摆着一副用红松木做成的牛轭，是爸亲手制作的。阿曼乐高兴极了，从今天开始，他就拥有一副自己的牛轭了！爸说：“儿子，你长大了！以后，你可以学着训练小牛了！”

那天，阿曼乐没去上学，因为他有更重要的事情要去做。

他扛起小牛轭，跟着爸来到牲口棚。阿曼乐心里想：如果我能把小牛训练得非常听话，或许明年，爸就会同意让我训练小马了！

南牲口棚的牛圈里非常暖和，小牛星星和亮亮就住在这里。阿曼乐经常给它们刷毛，所以它们的皮毛像丝绸一般光滑柔顺。阿曼乐刚一走进牛圈，两个小家伙就围了过来，伸出湿热的舌头舔他。它们以为阿曼乐又来给它们喂胡萝卜了，但其实这次阿曼乐是来训练它们的，要把它们训练得像那些大公牛一样温顺。

在爸的指导下，阿曼乐小心翼翼地把牛轭套在小牛稚嫩的脖子上。牛轭的内侧被阿曼乐用玻璃碎片刮得很光滑，所以它不会伤到小牛的脖子。然后，阿曼乐取下了牛圈的木门闩，好奇的小牛跟着他来到了堆满积雪的院子里。

爸抬起牛轭的一端，阿曼乐将牛轭的另一端架在亮亮的脖子上，然后抬起弓形支架，将它放在亮亮的脖子下面，并把支架的两端插进牛轭上的支架孔里，再往支架孔两端分别插入一根木栓，这样，弓形支架就固定好了。

亮亮不停地摇头晃脑，想看看自己的脖子上到底是个什么东西。不过，它是一头非常温顺的小牛，所以它仍然很安静地站着，于是阿曼乐给它喂了一根胡萝卜。

星星看到亮亮在吃胡萝卜，急忙凑过来，也想吃一点儿。爸把星星牵到亮亮的身边，把牛轭的另一端架在它的脖子上。阿曼乐推了一把牛脖子下的弓形支架，用木栓固定住了。这样两头牛就都被套好了。

爸拿出一根绳子系在星星的牛角上。阿曼乐紧紧地握住绳子，站在两头小牛的前面，大声喊：“驾！”

星星伸长脖子，犹豫着向前迈了几步。而亮亮还是哼哼唧唧，不停地往后退。可牛轭卡着亮亮的脖子，让它退不了。

爸走过去推了推星星和亮亮，让它们并肩站成一排，然后对阿曼乐说：“儿子，下面的事情你自己来做吧！”说完，爸就到牲口棚去了。

这一刻，阿曼乐才真正意识到自己已经长大了，要独自处理重要的事情了。

阿曼乐站在雪地里看着这两头小牛，它们也瞪大眼睛看着阿曼乐。阿曼乐必须得想办法让两个小家伙明白："驾"的意思就是让它们俩一起笔直地向前走。

阿曼乐想了半天，终于想到一个好办法。他到母牛的饲料槽里抓了几根胡萝卜塞进了工作服的口袋里。然后，他重新站在两头小牛的面前，并跟两头小牛保持一段长长的距离。阿曼乐一只手抓着绳子，另一只手掏出一根胡萝卜，举在空中摇晃着："驾！"

小牛们急忙向他走过来。

当它们走到阿曼乐的面前时，阿曼乐连忙大声喊："吁！"两头小牛停住了脚步。阿曼乐分别给它们一根胡萝卜作为奖励，然后又向后退了几步，把手放进口袋里，再次冲小牛们大喊："驾！"

太让人惊讶了！两头小牛居然很快就明白了"驾"和"吁"的意思。没过一会儿，它们的表现就跟大公牛一样好了！这时，爸走了过来，说："好了，儿子，今天就到这里吧！"

阿曼乐觉得这样还远远不够，不过，他知道他必须得听爸的话。

爸说："训练小牛这件事得慢慢来。如果一开始就训练很长时间，它们会感觉不耐烦，下次就不会这么轻易听话了。"爸解释道，"再说，现在也到吃午饭的时间了。"

阿曼乐觉得不可思议，一上午的时间这么快就过去了。

阿曼乐拔出木栓，放下弓形支架，把牛轭从两头小牛的脖子上拿下来，把小牛带回了它们温暖的牛圈里。爸把弓形支架和牛轭用干草擦净，挂在墙上的木钉上。因为牛轭必须保持清洁和干燥，要不然受潮变形了，就会磨伤小牛的颈背。

阿曼乐又去看了一会儿小马。虽然阿曼乐非常喜欢星星和亮亮，但是又觉得小牛笨笨的，不像身材匀称、步伐轻盈的小马那样敏捷。当小马呼吸时，它的鼻孔有节奏地一张一翕，耳朵像小鸟的翅膀一样灵活地扇动。当小马甩头时，鬃毛会在风中摆动，纤细的腿和灵活的蹄子会强有力地踩踏到地面上，就连两只眼睛也炯炯有神。

阿曼乐鼓起勇气，说："爸，我想帮你训练一匹小马。"

"儿子，你现在还太小。"爸表示反对，"训练马可不能出一丁点儿岔子，否则就可能会毁了一匹好马。"

阿曼乐有点儿失望，低着头一声不吭地跟着爸走进屋子里。

今天家里没有客人，所以阿曼乐单独跟爸妈一起吃午餐，这感觉有点儿怪怪的。他们没有去餐厅，而是直接在厨房用餐。屋外的积雪反射出耀眼的光芒，照得厨房亮亮的：用砂纸、碱水打磨过的地板和桌子闪着亮光；平底锡锅和挂在墙上的铜壶，也闪着金属特有的光；茶壶在炉灶上"咕嘟咕嘟"直响，窗台上的天竺花开得比妈的红裙子还要鲜艳。

爸跟妈一边吃饭一边交谈，饥肠辘辘的阿曼乐则专心地大口吃着饭。他们一吃完饭，妈就把盘子和碟子都放进洗碗盆里，对阿曼乐说："阿曼乐，去帮我把木柴箱装满，然后你可以再干点儿别的事。"

阿曼乐走向柴房，打开门一看，那里竟然摆着一架崭新的小雪橇！

阿曼乐简直不敢相信自己的眼睛，因为他已经收到一副牛轭了呀！他激动地问道："爸，这雪橇是谁的？是不是……也是送给我的？"

妈笑了起来，爸冲他眨了一下眼睛，说："难道还有别的九岁男孩也需要一架雪橇吗？"

这架雪橇简直太棒了！是爸用山胡桃木做的，又细又长的，一看就可以滑得很快。它的滑行装置也是用胡桃木做的，已经用水浸泡过，光看就让人感觉快要飞起来了。阿曼乐爱惜地抚摸了一下那光滑的木板。爸已经把它打磨得非常光滑了，甚至感觉不到用来连接的木栓。滑行板中间连着一根固定脚的横木。

妈笑着说："把它搬出去玩吧。"

室外的气温一直在零下四十摄氏度左右，但是阳光很好，阿曼乐整整一个下午都在玩雪橇。松软的积雪上是没办法滑小雪橇的，但阿曼乐可以在大雪橇留下的两条长长的轨迹上滑行。他拖着小雪橇爬上坡顶，然后趴在雪橇上向前一使劲儿，小雪橇就沿着大雪橇的轨迹滑了下去。

滑道弯弯曲曲，还很狭窄，阿曼乐一不小心就会一头扎进雪堆里面。飞驰的雪橇在雪地上翻了个跟头，阿曼乐一头栽了下去。但是他很快爬起来，又爬上了山顶。

在这期间，阿曼乐跑回屋好几趟了，拿了苹果、甜甜圈和饼干吃。一楼的客厅里非常暖和，但是一个人都没有。楼上传来妈织布机的声音，以及梭子咔嗒咔嗒的声音。阿曼乐推开柴房门，听到刨刀刨木头的声音和木片刨飞时的啪啪声。

阿曼乐爬上阁楼，那里是爸的工作室。阿曼乐把沾满雪的手套搭在肩膀上，右手拿着一个甜甜圈，左手拿着两块饼干，他咬了一口甜甜圈，又咬了一口饼干。

窗户旁边摆着一个刨木凳，爸骑坐在刨木凳的一端。他的右手边是一堆还没有加工过的木板，这些木板是爸用斧子从一个大橡木桩上劈下来的。

爸拿起一块木板，把它的一端抵在标桩上，然后用刨刀从下向上推着刨。只要刨过了一次以后，木板表面就会变得非常光滑，木板的上端就没下端那么厚了。之后，爸把木板翻到另一面，接着刨。两面都刨好后，爸就把木板码成一堆，然后再拿起一块粗糙的木板接着刨。

爸的动作非常流畅，当他抬头冲阿曼乐眨眼时，都丝毫没有耽误手里的活儿。

“雪橇好玩吗？”爸笑着问。

“爸，能让我刨一会儿这个吗？”阿曼乐顾不上回答爸的问题。

爸向后挪了挪，让阿曼乐坐在他前面。阿曼乐把手里的甜甜圈都塞进了嘴里，然后握住刨刀的把手，刨起木板来。不过他发现刨木板不像看起来那么简单。爸的双手握住阿曼乐的小手，跟他一起刨。

终于刨好一面了，爸拎起刨刀，阿曼乐手疾眼快地把木板翻了个面继续刨。其实，阿曼乐只是想体验一下刨木板的感觉，所以，刨完一块木板，他就跳下刨木凳进屋去看妈了。

妈正在织布，右脚有节奏地踩着织布机上的踏板，梭子飞快地在她的左右手间飞舞，这样一来，经纬线便交错成了十字形。

砰砰！踏板在响。咔嗒咔嗒！梭子飞过去了。嘭嘭！手柄转动了。梭子来回穿梭……

妈的工作间非常宽敞，而且光线充足。由于这里紧挨着楼下壁炉的烟囱，所以感觉特别暖和。妈的摇椅就摆在窗户旁边，摇椅旁边是一篮用来做地毯的碎布。纺车被安置在屋子的一个角落里。一个长长的架子占据了一整面墙，架子上摆满了各种颜色的纱线，有红色的、蓝色的、棕色的、黄色的，这些纱线都是妈去年夏天染好的。

不过，现在织布机上面的布都是米灰色的，就跟小羊身上的毛的颜色一样。此刻，妈正用没有染色的羊毛线织布呢。

“妈，这个布是要做什么的？”阿曼乐指着纺车问。

“阿曼乐，别用手去指，”妈说，“这样非常没礼貌。”她大声嚷的声音比织布机还要响。

“这个布是给谁织的？”这次，阿曼乐没有伸手去指。

“是要给罗雷做衣服的，明年上学的时候穿。”妈大声说。

明年冬天，罗雷就得去马龙镇的学校上学了，妈正在忙着给他织新衣服要用的布料呢。

屋子里又暖和又舒服。阿曼乐下了楼，又从罐子里掏出两个甜甜圈，一边吃着一边到屋外玩雪橇去了。

刚玩了一会儿，天色就暗了下来，阿曼乐只好收好雪橇。又到干农活儿的时间了，他得先去给牲口打水。

水井离牲口棚很远。水泵在一座小房子里，水汇入一个小水槽，再穿过墙，流进外面的一个大水槽里。大水槽的表面结了一层厚厚的冰壳，压水机的手柄也是冰凉冰凉的，如果不戴手套摸上去的话，手就会被冻得火辣辣地疼。

有些淘气的男孩会起哄，赌谁敢在这么冷的天气里去舔一下水泵的手柄。阿曼乐知道这可不是闹着玩的，舌头会被冻在上面。那样的话，要么一直待在这里被饿死；要么使劲儿一扯，把舌头扯断。

阿曼乐使出了浑身的力气才压出了水。这个时候，爸把拉车的一对马先拉过来喝水，有些小马也跟在后面走过来。接着，爸又把较年轻健壮的马带过来，这些马都未经驯服，它们在这样寒冷的天气里乱踢乱跳，使劲儿地拽着缰绳。爸必须牢牢地抓住缰绳，才能避免它们突然挣脱逃走。

阿曼乐加快压水速度，水流从水泵里淌下来。马伸长脖子，哆哆嗦嗦地把鼻子伸进水槽里，大口大口地喝水。

然后，爸接过水泵的把手，很快就把大水槽里加满了水。接着，他把马牵回去，又把所有的牛赶了出来。

牛不需要爸牵着，它们都会自觉地跑到水槽边喝水。喝完了水，再慢悠悠地回到温暖的牛圈，把脑袋伸到栅栏外面，从来不会给爸找麻烦。

牛喝水不用人照顾，到底是因为它们比马聪明呢，还是因为它们笨得只知道听人话行事？爸也说不清楚。

等牲口们都喝完了水，阿曼乐就拖着干草叉去清理牛圈和马厩了。爸按照定量把燕麦和豆子倒进饲料槽里。这时，罗雷已经放学回来了，他们就像往常一样各自干着杂活儿。阿曼乐的生日就这样过去了。

原本，阿曼乐以为自己第二天就得去上学了，可是晚上爸却对他们说锯冰块的时候到了。阿曼乐和罗雷也可以留在家里帮忙，不用去上学。

第六章
锯冰块

天气冷极了，地面上的积雪像沙子一样松软。如果这时候向空中洒点水，瞬间，它们就会凝结成冰粒。房子的南边堆着厚厚的积雪，就算在一天中最暖和的中午，也不会融化。这正是锯冰块的好时候，因为把冰块从池塘里拖出来以后，立刻就冻住了。

太阳升起来了，东面山坡上的雪被阳光映照得透出淡淡的红色。爸带着罗雷和阿曼乐坐在大雪橇上，向特洛特河出发了。阿曼乐穿着厚厚的衣服坐在大雪橇上，依偎在爸和罗雷之间，三个人身上都盖着厚厚的裘皮袍子。

马拉着雪橇轻快地跑着，鼻子里不时地喷出一团团白色的热气。雪橇从雪地上迅速滑过。刺骨寒冷的空气钻进阿曼乐的鼻子里，使他感到阵阵刺痛。灿烂的阳光照射在大地上，冰雪上折射出绿色和红色的光芒。

穿过森林，还有一英就到达池塘了。马呼出的热气一会儿就凝成冰霜，堵住了它们的鼻孔，使得它们呼吸困难。在半路上，爸几次跳下雪橇，用手融化掉这些冰碴，然后马才能继续赶路。

当他们的雪橇到达池塘时，乔伊和约翰早就在那儿等着他们了。乔伊和约翰都是法国人，没有自己的农场，平时就住在森林里的小木屋里，靠打猎和捕鱼生活。他们非常喜欢唱歌、跳舞和讲笑话，但是他们只喝葡萄酒，不喝苹果汁。爸忙不过来需要雇用人手时，他们就会过来帮忙。每次干完活儿，爸都会从地窖里拿出一些咸肉，当作他们的工钱。

现在，他们正站在池塘冰面上，穿着厚厚的高筒靴和花格子外套，戴着有护耳的皮帽子。他们的胡须上挂着呼出的热气结成的冰碴。每个人的肩上都扛着一把斧头，还带着横锯。

锯的两端是用木头做的把手，中间是长长的锋利的刀刃。锯东西的时候，需要两个人分别握住两端的木柄来回拉动。但是直接用它来锯池塘上的冰面就不行了，因为冰在脚下冻得硬硬的，就像平平的地板，而且也没有下刀锯的口子。

爸一看到他们两个，就笑着问："嘿！你们两个抛硬币了吗？"

听到这句话，大家都哈哈大笑，只有阿曼乐没有笑，因为他不知道怎么回事。乔伊对他解释说："从前，有两个爱尔兰人去锯冰块，他们之前从来没锯过冰块。他们看看池塘里面的冰，又看看锯子，其中一个叫帕特的人对另一个人说：'来吧，詹姆，为了公平，咱们抛硬币吧！你觉得抛到哪一面才应该去水里拉锯？是正面还是反面？'"

一听说有人要钻进水里去锯冰块，阿曼乐也忍不住哈哈大笑起来。居然有人不知道怎么锯冰块，这也太可笑了。

阿曼乐跟着大人们小心翼翼地走向河的中央。刺骨的寒风呼啸而来，吹走了散落在冰层之上的积雪。冰面光滑得像一面镜子一样，冰面下黑黝黝的，看起来剔透晶莹。乔伊和约翰用斧子在冰面上凿出一个三角形的大洞，把碎冰块从洞里掏出来放在一边。冰层下面的水漫出来，填补了那个大洞。

“嘿，差不多二十英寸厚！”约翰说。

“好吧，那就照着二十英寸锯。”爸说。

约翰和乔伊跪在洞口旁边的冰面上，把锯放进水里，然后握住上面的木柄上下拉动来锯冰面。当然，没有人跳到水里拉锯。渐渐地，他们在冰面上锯出了两条裂缝。裂缝之间相隔二十英寸宽、二十英尺长。最后约翰拿起斧子劈了起来，一块二十英寸宽、二十英寸厚、二十英尺长的冰块慢慢升起，散开漂浮在水面上了。

约翰用木棍把冰块推向刚才挖好的三角形洞里，冰块的顶部冒起来，冲得水面上刚刚结成的薄冰嘎吱作响。只听“哗啦”一声，冰块的棱角磕在刚刚结了薄冰的洞口，发出巨大的声响。乔伊用锯将大冰块锯成二十英寸长的小段，爸再用冰钳把这些冰块拖上冰面，码放在大雪橇上。

阿曼乐好奇地跑向洞口，想去看看乔伊是怎么锯冰块的，突然脚下一滑，头朝下栽入了漆黑的大洞里，手抓不到任何东西。阿曼乐吓坏了，他知道自己很快就会沉下去，被水流卷到冰层下面。到那时，无论是谁都没办法找到他了，那些厚厚的冰层会把他封在水底。

就在这一瞬间，乔伊一下抓住了他。他听到一声叫喊，感觉一双粗壮有力的大手牢牢地攥住了他的大腿。很快，阿曼乐意识到自己已经趴在光滑坚硬的冰面上了。他站起来，看到爸正向他跑来。

这时候站在身边的爸显得非常高大威猛。

“你真应该吃一顿鞭子。”爸说道。

阿曼乐知道自己做错了，小声地回答：“是的，爸。”没错，阿曼乐已经九岁了，不应该再这么粗心大意了，他感到非常羞愧。他缩成一团，两腿发抖，心里还想着爸会不会真的用鞭子抽他一顿。

爸的鞭子就放在大雪橇上，而且，那条鞭子抽人特别疼，但他知道自己确实该打。

“好吧，这次我不打你了。”爸严厉地吼着，“但是你得保证远离冰洞。”

“我知道了，爸。”阿曼乐一边小声地回答着，一边绕开那个冰洞，再也不敢往前凑了。

很快，大雪橇上就摆满了冰块，爸把厚厚的毛毡铺在冰块上，带着罗雷和阿曼乐坐在上面，一起回到了牲口棚附近的冰库房。

这个冰库房是用木板搭建的，两层木板之间留有很宽的缝隙。冰房下面用木板垫了起来，远远高出地面，看起来就像一个巨大的笼子。冰库房里只有地上和屋顶铺着密实的地板，地板上铺着一大堆锯木屑，是爸从锯木场运过来的。

爸用铲子在地板上堆了三英尺高的木屑，在上面放上冰砖，冰砖之间留有三英寸宽的缝隙。然后他就赶着雪橇，又去运冰块了。而罗雷和阿曼乐则留在冰库房里继续干活儿。他们用木屑把冰块之间的那些空隙塞满、压实，然后用铲子继续往冰块表面堆木屑。这样屋角里原来堆木屑的地方就空出来了。他们又在那块空地上面铺满冰块，用木屑把空隙处塞紧，并铺上三英寸厚的木屑。

他们抓紧干，但还没等干完，爸就又拉着一雪橇的冰块回来了。爸往铺好的那层冰砖上又铺了一层冰砖，每块之间依然保持三英寸的间隙，然后就走了。兄弟俩忙着往冰块缝隙里填木屑，压结实，接着又在冰块上面盖上一层木屑。

兄弟俩认真地干着活儿，身上都开始冒汗了。快到中午的时候，阿曼乐的肚子开始“咕咕”地叫。可是，他根本没空儿跑到厨房去找两个甜甜圈充饥。阿曼乐感觉肚子空荡荡的，一阵阵剧痛。

阿曼乐跪在冰块上，戴着手套，把木屑塞进冰块的缝隙中，然后用棒子敲打着木屑。

“你最爱吃什么？”他问罗雷。

他们谈论着排骨、喷香的火鸡和烤豆，还有酥脆的玉米面包……最后，阿曼乐表示他现在最想吃的还是炸苹果和洋葱圈。

终于熬到了午饭时间。厨房的桌子上摆着的正是他最想吃的炸苹果和洋葱圈！他高兴极了，一定是妈知道他最喜欢吃什么，所以专门给他做的！

阿曼乐吃了四大份的油炸苹果和洋葱圈，还吃了一些蘸着肉汁的烤牛肉、土豆泥、奶汁胡萝卜、煮萝卜，最后还吃了很多有着苹果冻夹心的黄油面包。

妈说：“正在长身体的男孩子要吃好多东西啊。”说完又往阿曼乐的盘子里添了一个大布丁。阿曼乐拿起勺子，竟然一口气吃了个精光。

吃完午餐，罗雷和阿曼乐回到冰库房里继续工作，一直忙到傍晚。接下来，他们一连又忙了两天，到了第三天傍晚，爸和他们一起往冰库房的最高一层冰砖上塞上最后一层木屑，冰块已经差不多碰到屋顶了。这个活儿总算干完了！

那些冰块被紧埋在一层层的木屑里，即使在最炎热的夏天，它们也不会融化。妈会时常过来取一些冰块，做成冰激凌、柠檬汁或冰冻蛋酒。

第七章
星期六的晚上

这天是星期六，从白天到晚上，妈都在厨房里忙着烘焙食物。阿曼乐去厨房里拿奶桶的时候，妈正在炸甜甜圈。甜甜圈的香甜味和烤蛋糕的香味迎面扑来，混合着烤面包所散发出来的焦香、蛋糕的蛋奶香，还有馅饼的糖浆味。

阿曼乐抓起盘子里最大的炸面包圈咬了一大口，差点儿整个都吞了下去。妈正在揉着黄澄澄的面团，然后把它们捏成长条状，两端揉在一起。她的十指快速地飞舞着，那些面团在她的手里就像自己扭成了面圈，一头扎进冒着热气的大油锅里去了。

扑通！面圈沉入锅底，冒出一串串的小泡泡。很快，它们膨胀变大，从锅底悄悄地浮上来，然后淘气地翻个身，露出黄褐色的那一面，继续在油锅里游荡。

妈告诉阿曼乐，这些面包圈会翻身是因为它们被拧了。有些主妇会将面包圈做成圆形的，中间有个小洞，这种面包圈不会自己翻身。妈可没时间去给它们挨个翻身，所以拧成面圈是最省事的。

阿曼乐特别喜欢烘焙糕点的日子，但是，他并不喜欢星期六的晚上。星期六的晚上，他不能悠闲地坐在暖炉旁边，吃苹果和爆米花，还有喝果汁。因为星期六的晚上是洗澡的日子。

吃过晚饭，阿曼乐跟罗雷穿好外套，戴好帽子和手套，去门外的一叠洗漱盆里拿了一个盆，走到接雨水的大桶那里去。

外面所有的东西都被白雪覆盖着，朦朦胧胧地现出轮廓。天上的星星雾蒙蒙的，只有厨房的窗口透出微弱的烛光。

盛满雨水的大木桶里结了一层厚厚的冰。为了防止木桶被冻裂，就在冰层中央凿了一个洞，但由于天气寒冷，这个洞越来越小了。罗雷抡起斧头使劲儿砸了下去。冰块掉进水里，冰层下面的水受到冰块的压迫，迅速地往上面冒。

这真是一件非常奇怪的事。别的东西都是遇冷就缩小，而水在结冰的时候居然会膨胀。

阿曼乐把那些碎冰块和水一起舀进木盆里。从小洞里面一点点舀水实在太慢了，阿曼乐想到了一个好主意。

厨房的屋檐挂着很长的冰凌。冰凌的顶部冻得很结实，非常坚硬，冰凌的底端往下一直垂挂到雪地上。阿曼乐抓住了其中一根，猛地一拉，结果只拔断了一点儿冰凌尖。

之前，罗雷把一个短柄小斧头放在了走廊的台阶上，现在斧子已经冻在那里了。阿曼乐把上面的冰掰了下去，然后拿着斧子朝着冰凌砍了过去。大量的碎冰落下来，发出哗啦啦的声响，真好听。

“嘿！让我试一下！”罗雷说。可是阿曼乐对准冰凌又是一斧头，这次的响声比刚才的还大。

“你比我强壮，你拿拳头敲吧！”阿曼乐说。于是，罗雷就用拳头拼命地捶打冰凌，阿曼乐则继续用斧子砍，响声震耳欲聋。

阿曼乐和罗雷都欢呼起来。大块大块的碎冰散落在门廊前的地面上，也有些飞溅出去，落在院子的积雪里。厨房那里的屋檐少了一大片冰凌，变得参差不齐了，看起来就像房子掉了一些牙齿。

妈突然打开了厨房的门。

“天哪！”她嚷起来，“罗雷，阿曼乐，你们没受伤吧？”

“没有！”阿曼乐温和地回答。

“那是什么？你们在做什么？”阿曼乐觉得很不好意思。可是他们并没有偷懒，他们是在干活儿呀！

“妈，我们正在准备洗澡用的冰水呢！”他说。

“天哪！我还从没见过有人准备洗澡水搞出这么大动静的。你们非得要像科曼奇族印第安人一样大喊大叫吗？”

“不是的，妈。”阿曼乐回答。

妈冻得牙齿直打战，接着就关上了门。兄弟俩默默地将地面上的碎冰凌拾到木盆里面。盆子太沉了，兄弟俩踉踉跄跄地将木盆抬进去，爸帮他们一起将木盆架在厨房的炉子上。

在阿曼乐和罗雷给自己的鞋上油的时候，冰块就已经开始融化了。在食品储藏室里，妈正准备煮豆子。她把煮好的豆子倒进锅里，又加入了洋葱、青椒和肥猪肉片，再倒进一卷一卷的糖蜜。然后，妈打开面粉桶，将黑麦粉和玉米面粉一起倒进黄色的罐子里，接着倒进牛奶和鸡蛋等其他配料，充分搅拌以后，把和好的黄灰色的面糊倒进大烤盘里，盘子里装得满满的。

“阿曼乐，帮我拿着这个大盘子，千万别洒了啊！”她说着端起了盛豆子的烤盘，阿曼乐端着一大盘面糊，跟在妈后面。爸打开烤炉的大门，妈将装着豆子和面糊的烤盘推进去。这些东西得慢慢烤，要一直烤到星期天中午。

接着，阿曼乐自己一个人留在厨房，准备洗澡。火炉旁边的椅子背上搭着干净的内衣，另一把椅子上放着浴巾、洗澡布和一小碟肥皂。阿曼乐从柴房里又拿了一个洗澡盆，放在打开的炉门前面的地板上。

他先脱掉了自己的背心，紧接着又脱了裤子和一只袜子。然后，他从炉子上面的盆里舀了些热水到空盆里面。接着，他又脱掉了另一只袜子和内衣。炉子散发的热量烘烤着他裸露的皮肤，即使脱掉了衣服，也不觉得冷。他在炉火边上烤了会儿，心里盘算着就这样烤暖和了以后穿上干净的内衣，不洗澡了。但是，一会儿妈肯定会检查他洗没洗干净。于是他不得不踏进到水盆里，热乎乎的水立刻就漫过了他的脚丫。他用手指从香皂盒里抠出了一些褐色的香皂，涂抹在洗澡布上面，然后用洗澡布开始擦拭身子。

浸在水里的脚感到非常暖和，可是他感觉自己的背很冷。他的肚子被火炉散发出来的热气烘烤着，但湿漉漉的背却冷得发抖。

他转过身来，背又似乎烫得要起泡似的，而他的肚子又冷得不行。于是他洗了几下便洗完了，迅速地穿上了干净的内衣、毛秋

裤，还有长长的睡袍。

这时候他突然想起耳朵后面还没有洗。于是他赶忙拿起搓澡布，使劲儿搓了两下耳面和耳背，接着戴上了睡帽。洗完澡以后，阿曼乐感到非常干净舒服。尤其是穿上了干净的内衣，皮肤都感到非常光滑。这种感觉是星期六晚上所特有的。

这种感觉让人很愉悦。不过，阿曼乐觉得为了这种感觉而洗个澡一点儿不值得。如果一切由他做主的话，他才不愿意在冬天洗澡呢！

阿曼乐不用自己去把洗澡水倒掉，因为他会着凉的。艾丽丝会把他的洗澡水倒掉并洗干净盆，再洗澡。之后，伊丽莎会把艾丽丝的洗澡水倒掉，罗雷会把伊丽莎的洗澡水倒掉，妈会把罗雷的洗澡水倒掉。最后，总会是在最晚的时候才轮到爸洗澡。第二天早上，爸再倒掉洗澡水。

阿曼乐穿着干净的乳白色内衣、袜子和睡衣，戴着睡帽，来到餐厅。妈放下手中的活儿，仔细地检查了他的耳朵和脖子，然后看看他洗得白白净净的脸，把他拉进怀里拥抱了一下，说："好了，快去上床睡觉吧！"

阿曼乐点燃一支蜡烛，飞快地穿过冰冷的楼梯，吹熄蜡烛后，立刻钻进柔软的却冰冷的羽绒被里。阿曼乐开始祷告，可是还没等说完就已经进入了梦乡。

第八章

星期日

第二天一早，阿曼乐拎着两个满满的牛奶桶走进厨房。今天是星期天，妈正在炉灶旁边做煎饼。

炉灶上有一个蓝色的大盘子，里面装满了刚煎好的香肠饼。伊丽莎在切苹果派，艾丽丝则在盛燕麦粥。炉灶后面摆着好几个大盘子，盘子里面摞着十几叠煎饼，像小塔一样高。

冒着油烟的平底锅里正煎着煎饼。每煎完一锅，妈就把饼取出来摞在那叠高高的煎饼塔上，然后把黄油、枫糖淋在上面。黄油和枫糖会慢慢地渗入酥脆软和的煎饼里，并从煎饼松脆的边缘滴落下来。

这就是带馅煎饼，是阿曼乐最爱吃的一种煎饼。

大家都已经吃完了，妈还在烤煎饼。妈做的煎饼从来都没有剩余的。等妈吃完早餐，拉开椅子站起来的时候，阿曼乐还在大口大口地吃着。妈说："天哪，都已经八点了！我们必须得马上出发了！"

妈每天都匆匆忙忙的，她的脚跑得飞快，一双手就没有停下来过。白天，除了纺纱或织布的时候会坐下来，妈很少会坐着休息。即便是坐下来纺纱或织布，她的手也在飞，脚在踏，纺纱机转得人头晕目眩，织布机也响个不停：砰！嘭！咔哒咔哒！不过星期日的早晨，妈会弄得全家人都手忙脚乱的。

爸正在梳刷那两匹拉雪橇的马，顺滑的棕色马毛被刷得都闪出亮光了。阿曼乐擦拭着雪橇里的污泥，罗雷把马具擦得闪闪发亮。他们把马套好以后，就回屋里换好了做礼拜要穿的衣服。

妈正在做鸡肉馅饼，这是星期日要吃的午餐。妈给鸡肉馅饼盖上最后一层面包皮。鸡肉馅饼里包着三只肥母鸡，浸泡在冒着泡的肉汁里。妈铺上面包皮，把边缘折得皱起来，然后在面包皮上刻出两棵松树的图形，肉汁通过松树图形冒了出来。做好以后，妈把鸡肉馅饼放进炉子的烤箱里，和豆子、面糊一起烤。爸在暖炉里添加了一些山胡桃和木柴，关上风门。这时候妈就跑去换衣服，打扮自己。

星期日，穷人家只能穿自己手织的粗布衣服，罗雷和阿曼乐穿的衣服都是妈做的。但是，爸、妈和两个姐姐穿得可漂亮了，衣服都是用妈从商店里买来的机织布料做的。

爸的衣服是用黑色绒面呢做的，上衣搭着柔软的天鹅绒衣领，衬衫是用法国进口的细棉线布料缝制的，袜子是黑色丝绸。星期日爸不穿靴子，只穿一双柔软的小牛皮鞋。

妈今天穿了一件灯笼袖的棕色羊毛呢套裙，衣领和大钟形的袖口处都镶着漂亮的白色蕾丝花边，那是妈用最好的针织线织成的。帽子也是用同样的天鹅绒做的，帽子上垂下两根天鹅绒带子，可以系在她的下巴底下。

妈今天穿的衣服非常漂亮，这让阿曼乐觉得很自豪。其实，两个姐姐今天穿得也很漂亮，不过阿曼乐对她们并没有同样的感觉。

她们的裙摆非常大，罗雷和阿曼乐好不容易才挤进雪橇里。

他们不得不弯下身子挤进去，以防不小心踩到这些裙摆。只要他们稍微动一下，伊丽莎就会大声嚷嚷：“小心点！别乱动！”而艾丽丝则带着哭腔喊着：“哎呀，你们弄乱了我的缎带！”

不过，最后大家的身上都盖好了水牛皮的长袍，脚底下踩着烤热的砖块。爸挥舞着鞭子，赶着雪橇跑了起来，阿曼乐一下子把所有的不快都忘在脑后了。

雪橇飞快地向前滑行。健壮的马在阳光下散发着耀眼的光芒，它们高昂着头，矫健的四肢踏着冰雪覆盖的道路，飞一般地驰骋着，长长的、光亮的鬃毛和尾巴在风中飞扬。

爸一脸自豪，手里握着缰绳，挺直了脊背坐着。马轻快地飞奔着。他从来不使用马鞭，因为马都特别温顺听话，被爸调教得很好。只要他放松或拉紧缰绳，马就知道该如何配合爸。阿曼乐觉得爸的马是全纽约州最棒的马，说不定也是世界上最棒的马。教堂离家大约有五英里，不过爸从来都是距离做礼拜还剩半小时才出发。两匹马会跑完五英里全程，然后爸会将它们安顿在马房内。当教堂的钟声响起的时候，全家人已经从容地踏上了教堂的台阶。阿曼乐一想到自己要好多年以后才能手握缰绳，像爸一样镇定自若地驾驶马车，就觉得心情郁闷。

很快，爸就驾着雪橇来到了马龙镇教堂的马房里。马房是一排排低矮的建筑，环绕在广场四周，从那里可以通过一道门进入广场。每个来做礼拜的人都可以在那里租一个马棚，租金越贵，马棚越好。其中最好的马棚被爸租下来了。它的空间非常大，爸可以直接把雪橇赶进去再卸下马具，马房里有一个带饲料箱的马槽，还有堆放干草和燕麦的地方。

妈和姐姐们整理了一下衣服上的缎带，提着裙摆从雪橇上面走了下来，阿曼乐帮着爸把御寒的毛毡披在了马身上。之后，一家人就安静地走向教堂。他们刚踏上台阶，就听见教堂里的第一声鸣钟敲响了。

之后，他们就安安静静地坐在那里，等着布道结束。布道持续了两个小时，阿曼乐感觉腿发麻了，而且还有点儿困。但没办法，他只能强打精神倾听着。他端端正正地坐着，盯着牧师晃动的胡须和严肃的脸。有一件事阿曼乐一直很奇怪：爸也在目不转睛地盯着牧师看，但是只要自己稍微一走神，总是能立刻被他发现。这是为什么呢？

布道终于结束了。教堂外暖洋洋的阳光让阿曼乐感觉自在多了。在星期天，即使是男孩子也不可以大声说笑和随意乱跑，不过他们可以轻声交谈。这时，阿曼乐看到了堂兄弗兰克。

弗兰克是卫斯理叔叔的儿子，他们在镇上拥有一家很大的淀粉加工厂，但是没有农场。所以，弗兰克是个地地道道的小镇男孩，跟他一起玩的也都是镇里的孩子。这个星期日的早上，他戴着一顶从商店里买的帽子。

这顶帽子是用格子呢做的，机器缝制，护耳罩可以拉到下巴处系好。弗兰克把护耳罩解开，让阿曼乐欣赏这顶帽子的护耳罩，它可以拉起来扣在帽顶上。他告诉阿曼乐，他的帽子来自纽约，是他爸从凯恩斯先生的商店里买来的。

阿曼乐从来没看到过这种帽子，他真想自己也可以拥有一顶。

不过，罗雷却说这顶帽子看起来太可笑了，他问弗兰克："为什么要把护耳罩系在头顶？难道有谁的耳朵是长在头顶上的吗？"但是，阿曼乐知道，罗雷一定也很想要一顶这样的帽子。

"这顶帽子多少钱？"阿曼乐问。

"五十美分！"弗兰克神气十足地说。

阿曼乐知道爸肯定不会给他买的，因为五十美分可不是一笔小钱。而且，妈亲手做的帽子又暖和又舒服，爸才不会傻到那么浪费钱给他买那顶帽子呢。

“嘿，你想去看看我们的马吗？”阿曼乐说。

“那才不是你们的马呢！”弗兰克说，“那些马是你爸的。你们才没有马呢，连一匹小马都没有。”

“我很快就会有一匹小马了！”阿曼乐说。

“什么时候？”弗兰克问。

就在这时，身后传来伊丽莎的声音：“阿曼乐，快过来！爸已经在套马了！”

阿曼乐立刻跑向伊丽莎，而弗兰克还在后面嚷嚷着：“你才不会有一匹小马呢！”

阿曼乐垂头丧气地坐在雪橇上面。他想，什么时候才能有自己喜欢的小马啊？他很小的时候，爸驾马时总会把他抱在怀里，让他握住马的缰绳。可他现在已经不是小孩儿了，他希望能够自己驾着马自由地奔跑，而爸却只准他给那些年龄大了的温驯老马刷刷毛，赶着它们去耙地，不让他靠近拉车的马所在的马厩，也不让他进入小马驹的栅栏里。他几乎不敢将手伸进马栏，不敢抚摸它们柔软的鼻子，也不敢挠一挠它们额毛下面的额头。爸总是提醒他：“你最好离这些马远点儿。你可能不到五分钟的时间就会带坏它们，可我却得花上几个月的时间才能让它们改掉那些坏毛病。”

大家都坐下来吃午餐的时候，阿曼乐的心情突然就变得很好了。妈在面包板上切着香喷喷的黑麦玉米面包。爸用汤匙把鸡肉馅饼划开，从里面撕出一块面包片，将松软的金黄色面包底部翻到上面来，涂上了厚厚的一层肉汁，然后把已经去掉骨头的大片鸡肉放到里面。酥烂的鸡肉都已经从鸡骨头上脱落下来了。爸又在盘子里加了一大勺烤豆子，还有一大片肥猪肉。盘子的边上还装了一些腌渍甜菜。最后，爸将一盘食物递给了阿曼乐。

阿曼乐一声不响地把盘子里的东西全吃光了，他还吃了一块南瓜派。这时，阿曼乐觉得肚子已经胀得不行了，但他还是忍不住又吃了一块奶酪苹果派。

吃过午餐，伊丽莎和艾丽丝清洗碗碟，其他人无事可做。整

整一个下午，一家人都坐在暖和的餐厅里。妈在读《圣经》，伊丽莎在看书。爸坐在椅子里打起盹来，突然，他的身体晃动了一下，从梦中惊醒了，接着又瞌睡起来。罗雷的手里一直摆弄着还没做完的木头链子，只可惜星期天不能用刀。阿曼乐也只能安静地坐着。因为是星期天，大家都不用做什么事情。

终于到了可以做杂活儿的时候了，阿曼乐高兴极了。

第九章

训练小牛

最近阿曼乐一直忙着装冰块，都没时间去训练他的小牛。所以，星期一的一大早，他就对爸说：“爸，我今天可以不去学校吗？如果我再不去训练星星和亮亮，它们就会把我前几天教的东西都忘光了。”

爸摸了摸胡子，眨了几下眼睛，问：“那你会不会把老师教的东西也忘光了？”

阿曼乐可没想到这个问题，他想了一下，说：“小牛学的东西可没有我学的东西多，而且，它们比我小很多呢！”

爸神情严肃，但胡子微微颤抖了一下，他肯定已经在笑了。妈在一边说道：“如果孩子想待在家里，就随他吧！偶尔少上一次课不会怎么样的。而且小牛确实该训练了。”

于是，阿曼乐高兴地走进牲口棚，把星星和亮亮带到了院子里。他把牛轭戴在小牛的脖子上，插好弓形支架，又用小木栓固定好，然后在亮亮的牛角上拴了一根绳子。

这些准备工作都是他自己独立完成的。

整整一个上午，阿曼乐都在训练小牛。他举着胡萝卜对着两头小牛大声喊:“驾!”小牛一听到口令，就马上一齐走过来。当听到阿曼乐喊“吁”的时候，它们都会停下来去吃阿曼乐手里的胡萝卜。

阿曼乐有时自己也会嚼一口生胡萝卜。胡萝卜外面的那层皮又甜又脆，里面的部分有很多黄色的汁水，但是吃起来没那么甜，还微微有点辣。

中午的时候，爸告诉阿曼乐，说训练小牛的工作可以告一段落了，下午他要教阿曼乐做鞭子。

阿曼乐跟着爸走进了森林。爸砍了一些条纹枫的树枝，阿曼乐把它们运到了爸的工作坊里。爸教阿曼乐怎样才能把薄薄的树皮从树枝上剥下来，还有如何将剥了皮的树枝编成鞭子。他先将五根树枝的一端绑在一起，然后再把它们编成结实的鞭子。

整个下午，阿曼乐都坐在爸的身边。爸在刨那些没有刨完的木板，阿曼乐则认真地编着鞭子，就像爸编那条黑皮牛鞭一样。当他翻转和扭曲树条时，薄薄的树皮就像雪花似的脱落下来，只留下柔软的白色裸枝。要不是阿曼乐的手上沾了黑泥，鞭子本该是纯白的。

做杂活儿的时间结束了，可鞭子还没做完，阿曼乐明天必须得去上学了。所以这以后的几个晚上，阿曼乐都靠在火炉旁边摆弄着他的小鞭子。最后，他终于编好了一根五英尺长的鞭子。

阿曼乐跟爸借了一把折刀，用它削了只木柄，然后用柔韧的树皮把编好的鞭子绑在木柄上。就这样，阿曼乐的第一条鞭子做好了!

这条鞭子真是棒极了！不过还要等到炎热的夏天把它完全晒干了以后，它才可以发挥出最厉害的作用。阿曼乐使劲儿挥动着他的鞭子，啪啪直响！就跟爸的那条黑皮牛鞭一样响亮。阿曼乐很兴奋，因为又可以给小牛上一堂新课了。

现在，他得教小牛转弯了。当他喊“嚯”的时候，小牛们就得向左转；当他喊“咯”的时候，小牛们就得向右转。

从此以后，每个星期六的上午，阿曼乐都拿着鞭子在牲口棚里训练他的两头小牛。但是，他才舍不得用鞭子抽打它们呢，他只是把鞭子在空中甩得啪啪作响。

阿曼乐知道，在训练动物的时候，如果经常打它们或者对它们发脾气，是不可能教会它们什么东西的。就算它们有时候做错了，他也不能生气地对它们大喊大叫，而是要保持冷静和温和。他必须让他的小牛相信他、喜欢他，否则一旦它们对他心存畏惧，它们就很难再被训练成为温顺、能干的大公牛了。

现在，星星和亮亮已经被阿曼乐训练得能听懂“驾”和“吁”的口令了，所以，阿曼乐就不用再站在它们的前方了。阿曼乐站在星星的左边，星星就是左边的牛，而亮亮站在星星的另一边，所以就是右边的牛。

阿曼乐先是喊了一声：“咯！”然后挥起鞭子在星星的脑袋左上方甩了一下，星星下意识地躲闪鞭子，于是它带着亮亮一齐转向了右边，阿曼乐连忙又喊了一声：“驾！”两头小牛就静静地向前走了一段距离。

过了一会儿，阿曼乐又站到了亮亮的身边，一边甩鞭子一边喊：“嚯！”亮亮为了躲开鞭子，带着星星转向了左边。

有时小牛想要跳起来，跑开，阿曼乐就会学着爸的样子，非常厉害地喊：“吁！”假如小牛们没有停下来，阿曼乐就会跑过去拦住它们，然后继续用“驾”和“吁”的口令反复训练它们。调教小牛真的需要有耐心才行。

一个星期六的上午，天气非常寒冷，两头小牛却异常活跃。阿曼乐刚甩了一下鞭子，它们就跑开了，还一直踢着后腿，绕着院子疯跑。阿曼乐追上去想制止它们，竟然被它们撞倒在了雪堆里。阿曼乐没办法，只能眼睁睁地看着它们在院子里撒欢。他气得浑身发抖，眼泪顺着脸颊掉了下来。

他真想狠狠地教训它们一顿，用鞭子的木柄敲打它们的头。但是他不能那样做。他放下了鞭子，用绳子套住星星的牛角，带着它们在院子里溜了两圈，然后继续训练它们“驾”和“吁”。

后来，阿曼乐把这件事说给了爸听，因为他觉得应该让爸知道他是一个非常有耐心的孩子，应该也可以去给那些小马刷毛了。但爸却不这么想，他只是说：“做得真棒，儿子。继续这样做下去，很快你就会拥有两头又听话又能干的公牛了！”

在接下来的那个星期六，星星和亮亮已经完全听从阿曼乐的命令了，根本不需要阿曼乐甩鞭子。不过，阿曼乐还是喜欢甩鞭子，因为他觉得那种威风的感觉非常棒。

有一天，有两个法国男孩皮埃尔和路易斯来看阿曼乐了。皮埃尔是约翰的儿子，路易斯是乔伊的儿子。他们和家人一起住在森林深处的小木屋里，经常跟着家人出去打猎、捕鱼或者采摘野果，而不用去学校读书。有时候，他们会来找阿曼乐一起玩，或者帮阿曼乐做些农场的事情。

他们站在谷场里，看着阿曼乐驯小牛。两头小牛非常配合，准确无误地完成了阿曼乐的各种指令。阿曼乐觉得非常自豪，他突然想到了一个好主意。他找来爸送他的生日礼物——雪橇，用钻在雪橇的前部钻了个孔，又从爸的大雪橇上面取下一个制动器，接着就开始给小牛套雪橇。

牛轭中央的正下方有一个铁环，阿曼乐把雪橇的手柄插进铁环里直到把手上的横杆处。这个横杆可以确保铁环不滑下去。然后将铁链的一端拴在铁环上，另一端系在放制动器的小洞上，把它系紧。

当小牛们向前走的时候，就会带动链子拖着雪橇一起走，当它们停住时，雪橇的手柄就会使雪橇也停下来。

“路易斯，你先上去试试！”阿曼乐得意地说。

“不，我最大，让我先来试试！”皮埃尔一把推开路易斯。

“你最好还是别上去了！”阿曼乐有些担忧地说，“你太重了，如果小牛感觉到后面有很重的东西，就会跑掉的。让路易斯先去试试，他轻！”

“不要。”路易斯极不情愿。

“你害怕了？”阿曼乐问道。

“没错，他害怕了！”皮埃尔也发现了。

“我才不害怕呢！”路易气呼呼地反驳着，“我就是不想去坐！”

“我敢打赌，你就是害怕了。”皮埃尔继续嘲笑他。

“你说得对，他肯定是害怕了。”阿曼乐说。

路易斯依旧否认自己的胆子太小。

“你就是害怕了，胆小鬼！”阿曼乐和皮埃尔一起嘲笑他说。他们笑话路易斯是个胆小鬼，说他还没断奶，应该回家找妈去。路易斯只好提心吊胆地坐在雪橇上面。

星星和亮亮没走几步就停了下来，它们想回头看看后面是什么东西，阿曼乐连忙继续喊：“驾！”这次，小牛们听话地向前走了起来。阿曼乐紧紧跟在它们身后，挥舞着鞭子，喊了一声“咯！”小牛们在院子里绕来绕去。皮埃尔快跑几步，一下跳了上去，两只小牛依然非常听话。阿曼乐得意极了，跑去推开了大门。

皮埃尔和路易斯连忙从雪橇上跳了下来。皮埃尔大叫着：“不行，它们会跑丢的！”

阿曼乐却非常自信地说：“没关系，我能控制我的小牛。”

说完，他绕到星星的身旁，甩了一下鞭子大喊：“驾！”然后就把两头小牛从院子赶到了外面充满诱惑力的广阔天地。

阿曼乐一会儿喊“嚯”，一会儿喊“咯”，很快就带着星星和亮亮离开了家。当他大喊一声“吁”的时候，两个小家伙立刻都停了下来。

皮埃尔和路易斯兴奋地重新爬上了雪橇。阿曼乐让他俩往后坐一点儿，因为他也要上去。于是，他坐在最前面，皮埃尔抱住他，路易斯抱住皮埃尔。他们把脚伸出雪橇并微微地抬起，以免蹭着地面。阿曼乐像模像样地甩了一下鞭子，大喊：“驾！”

两头小牛几乎同时翘起了尾巴，甩开蹄子奋力奔跑。小牛们跑得太快了，把雪橇抛向了空中。

星星大叫：“哞——”亮亮也跟着叫了起来：“哞——”飞舞的牛蹄和牛尾巴在阿曼乐的眼前晃着。在他的头顶上方，牛的后腿和臀部有力地摆动着。“吁！”阿曼乐连忙大声地喊，“吁！”

可是，两头小牛只是用“哞——哞——”的叫声来回答他，反而越跑越快了。这可比阿曼乐自己滑下山快多了。树木、白雪还有牛蹄让人眼花缭乱。每次雪橇腾空跃起时，阿曼乐的牙齿也跟着咯咯作响。

亮亮跑得比星星还快，它们逐渐偏离了大路，雪橇翻了。阿曼乐焦急地大喊：“嚯！嚯！”然后就一头扎进了雪堆，嘴里还不停地喊着：“嚯！嚯！”

阿曼乐的嘴里塞满了雪，他连忙吐出嘴里的雪，从地上爬了起来。

周围安静极了，路面上空荡荡的，小牛和雪橇都不见了踪影。皮埃尔和路易斯也跟着从雪堆里爬了出来。路易斯生气地用法语骂着什么，阿曼乐根本就没理他。皮埃尔一边吐着嘴里的雪，一边用手抹掉脸上的雪，说："天啊，我还以为你真的能控制好你的小牛呢！你不是说它们不会逃跑吗？"

阿曼乐看见路尽头的石墙边的积雪里露出了小牛红色的脊背。

"它们没有跑丢，"他对皮埃尔说，"它们只是跑歪了。瞧，它们就在那边呢！"

他们走过去。看见小牛只有头和脊背露在积雪外面。牛轭摔弯了，小牛的脖子也跟着扭曲着。它们的鼻子凑在一起，瞪大的眼睛显得非常无助，好像在互相问："这是怎么回事？"

皮埃尔和路易斯帮着把小牛和雪橇从雪堆里挖出来。

阿曼乐把轭和链子捋顺了，然后站在小牛面前，说："驾！"皮埃尔和路易斯在后面推了推小牛的屁股，它们终于爬上了马路。阿曼乐将它们赶往牲口棚，它们也心甘情愿地往那边走。阿曼乐一边挥舞着鞭子一边吆喝着，小牛们都会照做，听话极了。皮埃尔和路易斯则跟在后面，他们再也不敢坐雪橇了。

阿曼乐把小牛们送回牛棚，分别喂它们吃了一根玉米棒。然后，他摘下牛轭，仔细地把它擦干净后挂在墙上，把鞭子也挂在了墙上，又仔细地擦拭了链条和制动器，将它们放回原位。之后，他对皮埃尔和路易斯说，他们可以接着出去玩雪橇。就这样，三个人一起到山坡上滑雪橇玩去了，一直玩到做农活儿的时候。

那天晚上，爸问阿曼乐："儿子，下午你遇到什么麻烦了吗？"

"没有。"阿曼乐小声回答，"我一直在外面训练星星和亮亮，另外还玩了会儿雪橇。"

后来他确实这样做了，只不过是在院子里。

第十章
接下来的一年

白天越来越长，但是天气却更加寒冷。爸说：“当白天开始变长，寒气就会变强。”

终于，山坡南面和西面的积雪融化了。中午时分，房檐下的冰凌开始滴水。大树的汁液开始上升，又到了做枫糖的季节了。

早晨太阳还没出来的时候，天气有些冷。阿曼乐跟在爸的身后一起向枫木林走去。爸扛着一根大扁担，阿曼乐扛着一根小扁担。扁担的两端各有根用树皮编成的绳子，绳子末端各吊着一个铁钩，两只木桶就挂在钩子上面。

爸在枫树上钻一个小洞，然后把一根木管插进去。枫树的树液就会顺着管子滴到下面的桶里。

阿曼乐从一棵树走到另一棵树，把收集来的树液倒进大木桶里。他用双手扶稳肩上的吊桶，等收集满树液后就扛着把它倒进大锅里。大锅就挂在两棵树之间的横杆上。爸在锅下点燃了一堆火，让火烧得旺旺的，用来熬煮树液。

阿曼乐特别喜欢在树林里走来走去，雪地上就能留下他一串串的脚印。他不停地将打满树液的小桶倒进大锅，要是渴了，就喝几口稀薄清甜的树液。

阿曼乐还喜欢回到燃烧的火堆旁，用拨火棍拨动火玩，火苗一下窜得老高。他在篝火边烤着自己的双手和双脚，闻着从沸腾的锅里飘出来的香味。接着，他就又转身回到树林中。

中午，所有收集起来的树液都被倒进大锅里了。爸和阿曼乐打开午餐盒，坐在木头上吃饭。他们一边吃饭一边聊天，并伸出双脚去烤火。虽然树林里到处都是积雪，但他们却一点儿都不觉得冷。

吃完午餐，爸留在篝火堆旁照看熬煮的树液，阿曼乐则跑去采冬青的浆果。

南山坡的冰雪下面，浓密的绿叶丛中结着大颗大颗的红色浆果，全熟透了。阿曼乐摘下手套，蹲下去拨开积雪。他摘了一串红得发亮的果子，一把就塞进了嘴里，立刻感觉到冰凉，接着用牙齿咬开，香甜的汁水顺着嘴角直流。

没有什么比刚从雪地里挖出来的冬青浆果还要美味的了。

阿曼乐的衣服上沾满了雪，手指冻得通红，但他依然把雪地寻了个遍才离开。

太阳落到枫树树梢下了，爸往火上面撒了一些雪，火堆发出滋滋的响声，然后就冒着烟熄灭了。爸把糖浆倒进大木桶里，带着阿曼乐挑着木桶回家了。

到了家，他们把糖浆倒进炉灶上的大铜锅里继续熬煮，然后阿曼乐就去做农活儿了，爸则回到森林里把其余的糖浆挑回来。

吃过晚饭，糖浆也煮好了。妈把糖浆倒进牛奶锅里，让它慢慢地冷却。第二天早晨，每一口牛奶锅里都有一大块坚硬的枫糖。妈把棕黄色的枫糖块倒出来，放在食物架的最上层。

每天都会有树液流出来，早晨阿曼乐就跟着爸去采集枫树汁液，然后用大锅煮成糖浆。晚上，妈把糖浆做成糖块。这样，他们

做好的枫糖就足够吃上整整一年的了。最后一锅树液煮好后，妈没有把它做成糖块，而是把它装在罐子里，放进地窖，以备明年再用。

艾丽丝放学回来后，闻了闻阿曼乐身上的味道，大喊："天啊，你今天吃了冬青的野浆果！"

艾丽丝认为这很不公平，阿曼乐可以留在家里收集树液，吃冬青浆果，而她每天都得去学校上学。

艾丽丝让阿曼乐保证不会再去特洛特河南边的斜坡上采冬青浆果。

到了星期六，艾丽丝终于可以跟阿曼乐一起去南山坡采冬青浆果吃了。每当他们发现红色果子时，都会忍不住兴奋地尖叫。有时候，他们会把自己找到的浆果拿去跟对方分享；有时候，他们就自个儿吃。整整一个下午，他们一直都在南山坡寻找冬青浆果吃。

阿曼乐摘了一大桶冬青的叶子带回家，艾丽丝把这些叶子装进瓶子里。妈往瓶子里倒了一些威士忌，把瓶口密封住，存放起来。妈做蛋糕和饼干时的冬青野浆果味就是这么来的。

冰雪慢慢地融化了，雪松和云杉抖落了身上的积雪，堆积在橡树、枫树和山毛榉秃秃的枝干上的积雪也掉落下来。挂在牲口棚和房子屋檐上的冰柱滴着水，在雪地上砸出了很多小坑。最后，冰凌也哗啦啦地都掉下来了。

黝黑潮湿的地面一小块一小块地裸露出来，并逐渐扩大，慢慢地连成了一大片。这时，除了那些细长的小道，还是一片白茫茫，就只剩房屋和木柴堆的北面还残留着一些积雪了。学校的冬季学期就要结束了，春天要来了。

一天，爸一大早就赶车着马车去了马龙镇，没到中午就急急忙忙地回来了。他还没来得及跳下马车，就向大家宣布了一个好消息——纽约的土豆采购商已经来到马龙镇了！

罗雷连忙跑过去把马套到运货的马车上，艾丽丝和阿曼乐跑进柴房把装谷物的篮子丢进地窖里，然后飞快地往篮子里装土豆。

爸的马车还没有赶到厨房前，他们已经把两个篮子都装满了。

接下来，就像一场竞赛一样。爸和罗雷迅速地把土豆从地窖抬上来，倒进货车里。阿曼乐和艾丽丝则忙着往篮子里装土豆。他们装得很快，爸和罗雷都来不及运走。

阿曼乐不想落在艾丽丝后面，可他总是没有艾丽丝装得快。艾丽丝装得真快呀，她的宽摆裙还在朝另一边旋转着，人就已经转身回来装土豆了。她用手抹下贴在脸上的头发，手上的泥土就都蹭到了脸上。阿曼乐笑她是个花脸猫，艾丽丝嘲笑阿曼乐：

“快去照照镜子吧，你的脸比我的还花呢！”

他们一刻不停地装着土豆，爸和罗雷根本就不用等。装了满满一车的土豆后，爸赶着马车匆匆忙忙地出发了。

等到爸回来的时候，下午已经过去了一半。趁爸吃饭的时候，罗雷、阿曼乐和艾丽丝又装了满满一车的土豆。之后，爸驾着马车，又向镇上出发了。

晚上，艾丽丝帮罗雷和阿曼乐一起做完了杂活儿。吃晚餐的时候，爸没有回来。一直到了睡觉的时间，爸还是没有回来。罗雷没有睡觉，坐在那里等爸。深夜时分，阿曼乐听见马车的声音。罗雷跑出去帮助爸梳刷疲倦的马。今天，它们拉着土豆整整跑了二十英里的路。

接下来的两天，他们都早早起床，点着蜡烛装土豆。天还没亮，爸就已经拉着土豆出发了。到了第三天的时候，满载着土豆的货车驶离了马龙城，前往纽约。爸的土豆已经全都搬上了货车。

“每蒲式耳[①]土豆一美元，我们的土豆卖了五百美元呢！”吃晚餐的时候，爸跟妈说，“去年秋天价格太低，那时候我就说，今年春天土豆的价格肯定能涨起来。”

这就是说，爸又在银行里存下了五百块钱。大家都觉得爸很了不起，因为他不但种出了上好的土豆，还知道在什么时候该储藏它们，什么时候该把它们卖掉。

“这个价钱真不错啊！”妈高兴地说。但她接着说：“既然土豆已经都卖掉了，那明天早上，我们要打扫屋子了。”

阿曼乐最不喜欢打扫屋子了。他得把地毯边上的钉子都拔出来，然后把地毯挂在屋外的晾衣绳上晒，用一根长棍子去敲打它。小时候，他喜欢在挂满地毯的绳子下面来回跑着玩。可他现在已经九岁了，必须得不停地用小木棍敲打地毯，直到把上面的灰尘全都拍下来。

① 1蒲式耳约为36.37升。

屋子里的每样东西都得挪动，还得仔细擦洗，一直擦到泛出亮光才行。窗帘都拆了下来，羽绒床都必须搬到外面去晾晒。家里所有的毯子和被子都得清洗。

从早上起来直到太阳落山，阿曼乐一直跑来跑去，打水、搬木柴，还得把干净的稻草铺在刷洗干净的地板上，把地毯重新铺好，并在地毯的四周钉上钉子。

接下来的几天，阿曼乐都在地窖里干活儿。他跟罗雷清空了储存蔬菜的大木箱，挑拣出腐烂的苹果、胡萝卜和萝卜，等妈把大木箱擦洗干净后，将好的蔬果放回木箱里，再把那些没有装东西的空箱子全都放进柴房里。

他们把剩下的那些瓶瓶罐罐也全都清理了出去，地窖里就空荡荡的了。然后，妈开始擦洗墙壁和地板。罗雷往装石灰的桶里倒了一些清水，阿曼乐负责把它搅拌均匀，直到它不再冒泡，变成白色的灰浆。接下来，罗雷和阿曼乐把整个地窖粉刷了一遍。其实，阿曼乐倒是很乐意干这个活儿。

他们刚一上楼，妈就吃惊地大叫："看看！你们到底是在粉刷墙壁，还是在粉刷自己啊！"

此时的地下室看起来又干净又透亮，妈看了以后感到十分满意。

接着，妈把牛奶锅摆在擦洗干净的架子上。装黄油的铁桶也已经用细沙子打磨光亮，放在太阳底下晾干。阿曼乐把它们搬进地窖里，放在干净的地板上，准备用来装夏天的奶脂。

屋子外面，紫丁香和雪球花盛开着，紫罗兰和金凤花点缀着绿油油的草地，小鸟们忙着衔枝垒巢，到了下田干活儿的时节啦！

第十一章

春　播

天还没有完全亮，阿曼乐一家就已经吃完了早餐。当太阳刚刚从沾满露水的地平面升起来时，阿曼乐把他的马从牲口棚里牵出来。

阿曼乐只有站到箱子上才能给马套上马具。但是他早就知道怎样赶马了，因为他小的时候就跟爸学过。虽然爸不准他靠近小马驹和那些年轻健壮的马，可是他已经长大了，可以帮助爸做一些农场里的工作了，爸这才允许他驾驭这两匹温驯的老马——美美和贝斯。

美美和贝斯非常聪明，当阿曼乐把它们带到草地上时，它们不会像马驹那样一边嘶鸣一边撒欢乱跑，只会躺到嫩草上打两个滚，之后就安静地埋头吃草。阿曼乐给它们套马具时，它们会一前一后从容地从牲口棚的门里出来，闻着春天的气息，耐心等待着被套上马具。尽管阿曼乐已经快十岁了，可两匹马比他的年纪还大很多呢！

贝斯和美美知道耕地时如何不踩坏玉米，以及如何不把沟田犁弯。它们也知道耕地走直线，还会在田地的尽头转弯。它们知道得太多了，阿曼乐觉得一点儿都不刺激。

阿曼乐赶着马去耙地。去年秋天，这块土地已经被翻过土了，还撒过肥料。现在，结成块状的泥土必须再耙过才行。

贝斯和美美朝前走着，速度不紧不慢，把土地耙得很好。它们喜欢春天下田干活儿，因为它们已经在马厩里待了一个冬天。两匹马拖着犁从田地的一头耕到另一头，阿曼乐握着马缰绳跟在后面。耙到一行地的尽头时，他就让马转个身，并把耙子扶正位置，让耙齿刚好压在已经耙过的那行地的边缘。然后，他用缰绳轻轻抽打一下马的屁股，大吼一声“驾”，马就又走起来了。

在农场里，其他家的男孩子也在耙地，将湿漉漉的田地翻过来晒晒太阳。在北边遥远的地方，可以隐隐约约地看到圣劳伦斯河在缓缓流淌着，森林笼罩着一片翠绿。鸟一边欢快地歌唱，一边在石头篱笆上跳舞，松鼠在枝头玩耍。阿曼乐高兴地吹起了口哨，跟在贝斯和美美身后走着。

阿曼乐先把田沿着一个方向耙完，接着又换了一个方向。那些坚硬的土块被尖尖的耙齿耙碎了，田里的土壤全都要耙细、耙平。

过了一会儿，阿曼乐觉得饿了，连口哨都没力气吹了。他越来越饿，上午的时间似乎格外漫长，他都记不清自己到底耙了多少英里，可太阳好像被钉在了天空中，一动也不动，就连身后的影子也没有什么变化。阿曼乐实在饿极了。

终于，太阳爬到头顶上，阿曼乐身后的影子也消失了。阿曼乐又耙了两条耕道，这时远处传来了号角声。

妈的那只大锡号角传来吃饭的信号，阿曼乐真高兴呀！

贝斯和美美也听到了号角声，步伐迈得更加轻快了。走到离家比较近的田边时，它们就停了下来。阿曼乐解下缰绳收好，把耙放在田边。之后，他爬上了美美的背。

到了水泵房，阿曼乐停下来让马饮水，然后把它们带进了马厩并卸下马具，给它们喂了一些饲料。一个好的驯马人知道必须照顾好马，让它们吃饱并可以很好地休息。不过阿曼乐心里太着急了，他只能匆忙地干完这些活儿。

今天的午餐特别丰盛，阿曼乐狼吞虎咽地吃着。爸一次又一次给他堆满盘子，妈也笑着给他递来两块派。

再次回到田地里的时候，阿曼乐感觉舒服多了。不过，下午似乎比上午更加难熬。等到夕阳西下时，他骑着马走向牲口棚干杂活儿，这一天可真把他累坏了。吃晚餐的时候，他忍不住打起了瞌睡。饭后，他赶快爬进被窝里，刚拉上被子就呼呼睡着了。

阿曼乐感觉自己刚睡了一小会儿，妈就举着蜡烛在楼梯那里叫他起床了。新的一天又开始了。

春天，大地上万物复苏。野草、葡萄藤、灌木丛和树木都争抢着抓紧时间生根发芽。农民必须拿起铁耙、犁和锄头跟它们抗

争，尽快把优质的种子播种在田地里。

阿曼乐也加入了这场争分夺秒的战斗当中。他从黎明工作到天黑，从天黑休息到黎明，就这样不停地劳作着。

阿曼乐耙好了种土豆的田地，把土壤耙得疏松又平整，每一颗发出微小叶芽的杂草种子都被除干净了。之后，他帮罗雷把地窖里用于耕种的土豆从箱子里搬出来，切成一块一块的，每块上都有两三个土豆芽眼。

每株土豆苗都会开花结果，但谁也不知道这株土豆苗会长出哪类土豆来。同一种类的土豆都是从同一个土豆上长出来的。不过土豆并不是种子，而是一株土豆苗根茎的一部分。将土豆切成许多小块，然后慢慢发芽，就会长出土豆的幼苗了。

每个土豆的表面都有很多凹下去的小坑，好像是土豆的眼睛。小小的根须就从这些芽眼往下长进泥土里，向上长出小小的叶片，沐浴在阳光下。它们汲取那一小块土豆的养分，直到它们自己能够从土壤和空气中获取养分。

爸在田里做着记号。做记号的工具是一根木头，木头上有一排木钉，木钉的间隔是三英尺半。爸把木头放在地上，让马拖着它向前走，这样地上就会出现一道道犁沟。爸先是纵向划分，然后是横向划分，田里就呈现出像棋盘格子一样的小沟，接着就可以播种啦。

爸和罗雷拿着锄头，艾丽丝和阿曼乐拎着装满土豆块的小桶。阿曼乐走在罗雷前面，艾丽丝走在爸前面。每遇到小沟交叉的地方，就放下一块土豆。他必须将土豆放到准确的位置，这样等土豆长出来的时候，就会是整齐的一排，方便以后耕地。罗雷跟在阿曼乐后面，给土豆块盖上泥土，并用锄头轻轻压实另一边。爸跟在艾丽丝身后，用锄头在艾丽丝放下的土豆上盖一些泥土。

种土豆是一件非常好玩的事。在播种的时候，刚翻过的泥土混合着三叶草的香气扑鼻而来。微风吹拂着艾丽丝的鬈发，爸也特别快活，他们一边干着活儿一边说着话。

阿曼乐和艾丽丝比着往地里播种土豆，这样在播到每一行的尽头时就可以停下来歇歇，找找鸟窝，或者追着蜥蜴玩，把它撵进石墙的缝隙里。可是，爸和罗雷总是紧紧地跟在他们身后。爸还不时地催促："孩子们，加油啊！动作快一点儿！"

于是，他们播得更快了。爸和罗雷都来不及给土豆块盖上泥土了。阿曼乐摘了片草叶子，用手指捏住两头贴在唇边，吹出响亮的声音。艾丽丝也模仿阿曼乐的样子试了好几回，但都吹不出声音。不过，她会嘟起嘴来吹口哨。罗雷逗她说："女孩子会吹口哨，就跟母鸡会咯咯叫一样，到头来都没有好结果。"

他们整整忙了三天才把土豆种完。

接下来，爸又开始种谷物。他种了一片田的麦子，用来做白面包；种了一片田的黑麦，用来做黑麦面包；还种了一片田的燕麦和加拿大豌豆，准备明年冬天喂马和牛。爸播种的时候，阿曼乐牵着贝斯和美美跟在后面，把播种后的土地整理平了。阿曼乐还不会种谷物，要想将田里的种子播种均匀，必须经过很长时间的训练才可以。

爸左肩上挎着沉重的种子口袋，一边走一边从袋子里抓起一把谷种，然后伸长手臂一挥，小小的谷种就从他的手指间飞撒到土地里了。他边向前走，边匀速地挥舞着胳膊。种子都被均匀地撒在土地里，不会有过于稠密或过于稀疏的地方。

谷物的种子非常小，落在地上根本看不清，只有等到种子发芽以后，你才能看出这个人播种的水平高不高。爸给阿曼乐讲过一个懒孩子播种的故事。有一个男孩非常懒，大人叫他去播种，他懒得一把一把地播撒种子，索性就把一袋种子都倒在了田里，然后跑去玩耍了。后来他又装模作样地去耙田，因此没人知道他干的坏事。但是种子知道，土地也知道。甚至连男孩自己都忘了这件事情的时候，种子和土地“讲”了出来——田地里长满了野草。

种好了谷物，阿曼乐和艾丽丝又开始种胡萝卜。阿曼乐和艾丽丝都背着袋子，就跟爸的种子袋一样，里面装满了小小的、红红的、圆圆的胡萝卜种子。爸已经均匀地划分了胡萝卜地，做播种记号的钉子间距十八英寸。阿曼乐和艾丽丝沿着犁沟来回播种。天气很暖和，他们光着脚走在柔软的泥土上感觉很舒服。他们把胡萝卜的种子撒在田地的沟里，用小脚撩上一层薄薄的土把种子盖上，再在泥土上面踩踏结实。

阿曼乐能看见自己的脚丫，但艾丽丝却看不到，因为她的圆篷裙的下摆像一把撑开了的伞，她得一直把裙子往后拉，然后弯着腰将种子播进犁沟里面。

阿曼乐问艾丽丝：“你想不想当一个男孩子？”

“当然想啊！”艾丽丝说，但马上又改口了，“不！我才不想当男孩子，男孩子不如女孩子漂亮，而且不能系缎带。”

“我才不在意我长得漂亮不漂亮呢！”阿曼乐说，“而且，我从来都不想系缎带。”

“我喜欢做黄油、做针线活儿、做饭、纺纱……男孩子可不能做这些事。而且，就算我是一个女孩子，我也可以和你一样种土豆、种胡萝卜和驾马啊！”

“可是你不会用草叶吹口哨。”阿曼乐说。

到了田地的尽头，阿曼乐看到白蜡树长出一些带皱褶的新叶，问艾丽丝知不知道什么时候种玉米。艾丽丝说不知道，阿曼乐指着树叶告诉她：“你看，等这些树叶长到跟松鼠耳朵一样大的时候，就该种玉米了。”

“多大的松鼠？”艾丽丝问道。

“就是普通的松鼠啊！”阿曼乐说。

“哦，那这些树叶还只有松鼠宝宝的耳朵那么大，所以现在肯定是不用种玉米啦！”

阿曼乐一时不知道该怎么回答，可是他立刻嚷嚷道：“不对，不是松鼠宝宝，是小松鼠。”

“可它还是松鼠啊！”

“不对，就是应该叫小松鼠才行！刚出生不久的猫叫小猫，狐狸叫小狐狸，所以小的松鼠也就应该被叫作小松鼠才对呢！小猫和猫是不一样的，所以小松鼠和松鼠也是不一样的！”

“噢——”艾丽丝嘲讽地叫道。

白蜡树的叶子长大一些后，阿曼乐开始帮爸种玉米了。他们的腰间像系围裙一样系着一包玉米种子，手里握着锄头。和种土豆一样，玉米田里也要用木头做出纵横交错的标记。他们在每根标记线相交的点上，用锄头将泥土打散，挖一个浅浅的小土坑，然后将玉米种子放进去，并给种子盖上泥土，再把泥土拍紧。

爸和罗雷干活儿非常快，用锄头很快地挖三下，然后轻轻地拍一下，接着手一扬，然后又用锄头铲一下，再拍两下，一处玉米就种好了。接着他们就迅速地向前跨一步，开始种下一处。

这是阿曼乐第一次种玉米，所以他用不好锄头。何况他个子矮，爸和罗雷向前走一步他要走两步才行。爸或者罗雷会过来帮阿曼乐种完他那排玉米，这样大家就能够一同开始播种新的一行。

不过，阿曼乐知道，只要他再长高一些，就能做得跟爸和罗雷一样又快又好了。

第十二章
旧货郎上门

一天傍晚，太阳已经落山了，阿曼乐看见有一匹白马拉着一辆红色的马车，正朝着自己家的方向驶来。于是，他叫嚷道："收旧货的来啦！收旧货的来啦！"

听到喊声，艾丽丝兜着满满一围裙鸡蛋从鸡舍里跑了出来。妈和伊丽莎也急忙走到厨房门口，罗雷从水泵房里跑了出来。小马也将自己的头从马厩的窗户探出来，向那匹白马长声嘶鸣。

这个收旧货的人叫布朗，身材胖胖的，爱讲故事，还特别喜欢唱歌。每年春天，他都会驾着马车在乡间穿梭，把一路上听到的消息讲给大家听。

他的马车简直就是一座移动的房子，四个车轮之间用结实的皮带绑紧了，但开起来还是会来回地摇晃。车厢的两边各有一扇门，尾部有一个平板，平板往上倾斜，就好像鸟的翘尾巴。平板可以固定在车顶上，车顶的四周有一圈漂亮的围栏，车身、车顶和平板都被刷成了鲜艳的亮红色，上面印着亮金色的花纹。健壮的白马的臀部上方有一个红色的坐垫，布朗先生就坐在上面。

马车在厨房的门廊前停了下来。罗雷、伊丽莎、艾丽丝和阿曼乐早就礼貌地站成一排等候了，妈也满脸笑容地站在门口。

“你好，布朗先生！”妈大声地跟布朗先生打招呼，“把马车停好就进来吧，晚餐快好了！”

“马厩大着呢！布朗，把马牵到那里吧！”正在牲口棚里的爸也大声地喊着。

阿曼乐帮忙卸下了那匹大白马，牵着它去喝水，然后把它领进马厩里，给它喂了双份的干草和燕麦。布朗先生拿起刷子仔细地给马刷干净身体，然后用一块干净的布给它擦干。布朗先生非常喜欢这匹马，从来都是细心呵护。

布朗先生在马厩里转了一圈，提了点自己的看法。他非常喜欢星星和亮亮，还特别夸奖了爸养的那几匹小马。

“这几匹四岁的马真不错，肯定能卖不少钱。”他跟爸说，“有几个从纽约来的商人正在物色能拉车的马。上个星期，有个商人用两百块钱买了一匹马，那匹马可没有你这几匹马好。”

大人聊天的时候，阿曼乐不能插嘴，但是他可以安静地待在旁边听他们说话。不过，布朗先生刚刚说的他一点儿也不感兴趣。而且他知道，最有趣的谈话是在晚饭之后。

布朗先生说自己比任何人都会讲故事，会唱的歌也比别人多。这可不是他吹牛皮，事实就是这样。

“是的，”布朗先生说，“我敢说，我比任何一个人都能说会唱，就算一群人加在一起也比不过我。不信的话，当他们讲完了所有的故事、唱完了所有的歌，我还有很多故事没讲、很多歌没唱呢！”

爸相信他说的都是真的，因为爸曾在马龙镇凯恩斯先生的店里看到过布朗先生跟别人比赛唱歌和讲故事。

吃完晚餐，大家就兴致勃勃地围坐在壁炉旁，听布朗先生讲故事和唱歌。一直快到九点了，他们才意犹未尽地回去睡觉。布朗先生讲的故事非常有趣，阿曼乐听了以后笑得肚子都疼了！

第二天一早，吃完早餐后，布朗先生就给白马套上了马车，把马车停在厨房门口，打开了车厢的门。

车厢四周的架子上摆着铁桶、铁锅、盆、蛋糕盘、面包盘等，车顶悬挂着杯子、长柄勺、漏斗、过滤器、蒸笼、漏勺、切菜板等杂货。除此以外，还有锡制的号角、口哨、玩具、碟子、面饼锅以及锡制小动物，这些小动物的身上刷了一层很亮的油漆。

这些锡制品都是布朗先生冬天的时候亲手制作的，它们不但非常精致，而且结实耐用。

妈从阁楼上抱下来一大卷碎布，这些碎布是妈去年攒下来的。布朗先生开始检查这些碎布的材料和质地，妈则仔细看着那些闪闪发光的锡制品。他们就要开始做交易啦！

他们来来回回地讨价还价，用了很长时间。门廊的地板上，摆满了闪着亮光的成堆的锡制品和碎布。布朗先生每挑走一堆碎布，妈就会挑出一件锡制品。虽然妈挑出的锡制品比布朗先生想给

的要多得多，但他们交谈得仍然很愉快。最后，布朗先生说："好吧，太太，我可以把锅、锡桶、漏斗和那三个烤盘都给你，但是那个洗碗盆可不能给你了，这已经是我能做的最大的让步了。"

"好吧，布朗先生。"妈爽快地答应了。阿曼乐知道，妈本来也没想要那个洗碗盆，只是为了能够有个讨价还价的空间。精明的布朗先生马上也明白了妈的想法，他觉得妈是一个很棒的谈价高手。但是他也很满意，因为他得到的都是上等的布料。

布朗先生把碎布整理好，绑成一大捆，扔到了货车后面的平板上。平板和车顶四周的栏杆是专门用来装他换来的碎布的。做完这些，布朗先生擦了一下手，笑着说："现在我想知道，你们这帮小家伙喜欢什么呢？"

他送给伊丽莎六个钻石形状的小馅饼烤盘，艾丽丝得到六个心形的小馅饼烤盘，阿曼乐则得到一个涂着红色油漆的锡制号角。孩子们高兴地齐声道谢："谢谢您，布朗先生！"

布朗先生也很高兴，他转身爬上高高的马车，拿起了缰绳。大白马被喂得饱饱的，身上的毛也都梳刷过了，正期待着再次出发呢！它踏着轻快的脚步载着马车离开了。红色的货车上了大路，布朗先生又开心地吹起了口哨。

妈得到了足够一年使用的锡具，阿曼乐也有了自己的号角。布朗先生赶着马车，吹着口哨，穿过森林，走过田野，渐渐远去。直到布朗先生明年再次光临之前，大家都会记得他讲的那些新鲜事，还有那些让人捧腹的笑话。

阿曼乐赶着马在田里干活儿时，也会用口哨吹出布朗先生教给他的歌曲。

第十三章

一只奇怪的狗

自从那天布朗先生告诉爸，从纽约来的商人正在镇上物色马匹后，爸就每天晚上都细心地给小马刷洗。那些小马四岁了，已经被爸训练好了。阿曼乐苦苦央求爸准许他帮忙照看小马，爸才允许他进入马厩，但前提是一定要有爸在场。

阿曼乐用柔软的马梳非常小心地梳洗着马闪亮的棕色脊背，光滑滚圆的臀部和细长的双腿，接着用干净柔软的布给它们擦拭身体。马的鬃毛和长尾巴梳理好后，还要将其编成辫子。阿曼乐用小刷子给马的小蹄子上油，直到它们的蹄子就像妈用的炉灶一样闪闪发光。

阿曼乐非常小心，以免让马受到惊吓。他帮它们刷洗时，还会小声地跟它们说话。慢慢地，马跟他熟悉起来，会轻轻咬住他的衣袖，或者用鼻子拱他放到口袋里面的苹果。当阿曼乐伸手抚摸它们的鼻子时，它们的脖子都弯成了优美的弧形，非常温柔地看着他。

阿曼乐觉得马是这个世界上最漂亮的动物了。只是一想到他得等到很多年以后才能调教和照料一匹小马驹，心里就会很难受。

一天傍晚，一个马贩子骑着马来到了牲口棚。他一身城里人打扮，衣服的面料是机器织的布，手里拿着一截红色的小鞭子，敲打着他那闪闪发亮的高筒靴。他的一双黑色的眼睛紧紧地挨着瘦削的鼻子，下巴中间的胡子修剪得尖尖的，嘴角两边的胡须打了蜡，微微往上翘着。

这个人看起来非常古怪，站在牲口棚里面，一边沉思，一边用手捋着翘起的胡子。

爸牵出两匹摩根马，它们的个头差不多一般大，身上棕色的毛泛着亮光，额头都有一颗白色星星。它们优雅地弯下脖子，蹄子轻轻地蹭着地面。

“它们到五月份就都满四岁了。非常健壮，身上一点儿毛病都没有。”爸说，“它们既可以独自拉车，也可以配对拉车，力气非常大，却很温驯，即使是女人也完全可以驾驭它们。”

阿曼乐激动极了，他把爸说的每一句话都牢牢地记在了心里。总有一天，他也会亲自卖马的。贩马商人伸手摸了摸小马的蹄子，又掰开它们的嘴巴看了看牙齿。爸站在旁边一点儿都不紧张，因为他说的都是实话。爸给每匹小马都拴上缰绳，然后拉着它们绕着马贩子转了一圈又跑了几步。马贩子就站在旁边观察着。

“你看它们的姿态，多棒！”爸说。

小马漂亮的黑色鬃毛在阳光下闪闪发亮，长尾巴在风中迎风起舞，就连它们那健壮光滑的身体也都散发着褐色的光亮。它们迈着轻盈的步伐，马蹄似乎都没有触碰到地面。它们从容地跑着，像进行一场优雅的表演一样。

马贩子非常仔细地观察着小马，试图找出一点儿问题来，可他到最后还是找不出一点儿缺陷。小马安静地站着，爸也耐心地等着。终于，马贩子愿意以每匹一百七十块钱的价格买下小马。

但是爸坚定地说，如果少于二百二十五块就不卖了。阿曼乐知道爸的心理底线是二百块钱，因为之前布朗先生说过。

爸给两匹小马套上马车，和马贩子坐上马车，出门向小路驶去。两匹小马昂起头，鼻尖冲着天空，鬃毛和尾巴随着风飘扬起来。只是一转眼的工夫，它们就跑没影了。

阿曼乐知道必须去干农活儿了。他走进牲口棚，拿起干草叉，干起活儿来。不一会儿他又放下，跑到外面看看爸有没有回来。

这时候爸和马贩子都已经回来了，可是他们还没有谈好成交价格。爸捋着自己的胡子，马贩子则拽着自己的胡须。

马贩子坚持说，要是把马带到纽约去还要很多运费，而且现在纽约的马市价钱也在下跌，所以他最高也就只能出到每匹马一百七十五块了。

“既然这样，我们都退一步，每匹马两百块，这是我的最低价了。”爸说。

马贩子想了想，说：“两百块还是太高，我不能付这么多的钱。”

“没事！”爸爽快地说，“那价钱的事就先放一放再说吧，你就留下吃个便饭吧！”

爸开始解马。马贩子嚷道：“萨拉纳克的马比你的马还好，最贵也就一百七十五块一匹。”

爸不再说话了，他把马牵进了马厩。马贩子只好说：“好吧，就按照你说的，两百块就两百块吧。只当我做了一笔赔本的买卖。”

贩马商人从口袋里掏出一个厚厚的皮夹子，给了爸两百块钱的定金，“明天你把它们带到镇上，我再把剩余的部分付给你。”

就这样，那两匹小马按照爸心里期望的价格卖掉了。

马贩子没有留下来吃晚饭，骑着马离开了。爸走进厨房，把钱交给妈。妈惊叫起来：“我们今晚得把这些钱留在家里过夜？”

“现在太晚了，不可能存进银行了。”爸回答道，“不过你放心，除了我们，谁会知道咱们家今天有这么多钱呢？”

“我今天晚上没法睡觉了。”妈说。

“上帝会保佑我们的。”爸安慰她说。

“自助者天助！”妈说，“真希望能把这笔钱安全地存进银行。”

已经过了干杂活儿的时间，阿曼乐拎起牛奶桶匆忙跑进牲口棚，如果不在每天固定的时间挤牛奶，奶牛的奶水就会变少。挤完牛奶，又要打扫食槽和马厩、喂牲口，直到八点钟，他才干完今天的杂活儿。妈正在热饭菜。

今天的晚餐气氛有点儿沉重，因为家里放了那么一大笔钱，所以大家心里都有点儿担心。妈先把钱藏进了食物储藏室，然后又换到了衣帽间。吃完晚餐，妈开始准备明天做面包要用的面团，心里却一直担忧着钱的安全。

妈的双手飞快地工作着，面团在妈手里发出吱吱的细微声。她说：“应该没人能想到壁橱里会藏着钱吧，我好害怕啊。听！外面是什么声音？”

大家一下跳了起来，全都屏住了呼吸，仔细听着周围的动静。

“天啊，好像有什么东西在外面走！”妈轻声说。

可是当他们透过窗户向外张望时，只看见黑乎乎的一片。

“没有什么，你听错了吧？”爸埋怨道。

“不对，我刚才真的听到动静了。”妈说。

“可是我什么都没听到。”爸说。

“罗雷，你去看看！”妈说。

罗雷打开厨房的门，屋外一片漆黑，他向外面四处张望。过了一会儿，他说道：“外面有一只狗，可能是迷路了。”

“快把它赶走！”妈说。罗雷出去把那只狗赶走了。

阿曼乐特别希望养一只小狗，可是小狗会把菜园刨得乱七八糟，还会追赶母鸡，偷吃鸡蛋，而大狗就更厉害了，可能会咬死绵羊。妈说家里的牲畜已经够多了，不能再养一只脏兮兮的小狗了。

妈把面团收了起来。阿曼乐洗着脚。这几天他总是光着脚跑来跑去的，所以晚上睡觉前得把脚洗干净。就在这时，大家都听见后门有一阵低沉的叫声。

妈眼睛一下瞪得老大。

罗雷安慰妈说："别担心，不过是一只小狗罢了。"

罗雷站起身去打开门，却什么都没看到。妈的眼睛瞪得更大了。他们又仔细地看，发现一只特别瘦的狗躲到了暗处。那只狗好像饿了很长时间了，连肋骨都看得一清二楚。

"天哪！妈，这只狗太可怜了！"艾丽丝叫了起来，"我们就给它点儿东西吃吧！"

"好吧，你去吧。"妈说，"但是明天早晨，罗雷，你必须把它赶走。"

艾丽丝从厨房里找了一些吃的放进一个盆里，端过去给那只狗吃。可是，虽然门开着，那只狗却不敢进来吃。阿曼乐关上门以后，大家这才听到狗吃东西的声音。妈开始检查门是不是关好了，拉了两次门锁，确保门已经锁好了。

他们拿着蜡烛离开厨房，屋外夜色弥漫。妈给饭厅的门上了两把锁，然后又来到客厅，检查客厅的门是否锁好。虽然客厅的门一直都是锁着的。

阿曼乐躺在床上，在黑暗中静静地倾听周围的动静，但他没坚持多久，就睡着了。他并不知道当天晚上发生的事情，第二天早上，妈告诉了他。

妈把钱塞进爸的袜子里，然后把袜子放进了写字台的抽屉里。

可她上了床以后，还是觉得不踏实，便起身把钱取出来，塞在了枕头下面。她认为自己晚上不可能睡着，也确实是这样，因为半夜，她被惊醒了。她猛地坐起身来，看到旁边的爸睡得正香。

皎洁的月光洒在大地上。妈透过窗户能清晰地看到院子里的丁香树，四周安静极了。这时，时钟正好响了十一下，妈突然感觉浑身发冷，因为她听到了一阵低沉的、凶恶的咆哮声。

妈立刻颤抖着下了床，靠近窗边向外张望。那只奇怪的狗正站在窗下，浑身的毛都竖了起来，露出尖锐的牙齿，好像树林里正藏着什么人。

妈仔细地听着外面的动静，两只眼睛紧紧盯着窗外。树下一片黑暗，妈什么也看不见，但是那只狗却一直朝着那里大声吼叫着。

妈仔细观看。这时，时钟又敲响了一下。大狗在篱笆上爬上爬下，并且时不时地发出两声低吼。终于，它躺了下来，但两只耳朵还警觉地竖着。妈疲倦地上床休息了。

天亮的时候，狗不见了。大家四处寻找，只在院子里看到了它的足印。在篱笆另一端的小树林里，爸发现了两个男人的脚印。

爸赶紧套好马车，来不及吃早餐，就出发前往马龙镇了。他把家里的两百块钱存进了银行，然后将小马驹交给马贩子，拿到了

余下的两百块钱，他又赶紧将钱存进了银行。

回到家后，爸对妈说："你的感觉没错，我们昨天晚上差点儿被强盗抢了。"

原来，就在一个星期以前，马龙镇附近有一个农民卖掉了两匹马，他把钱放在了家里。就在当天晚上，强盗闯进了他的家，把他的家人都绑了起来，还把他狠狠地打了一顿，逼他说出藏钱的位置。最后，他们抢了钱就逃跑了。现在，警察正在四处通缉他们。

"我觉得那个马贩子可能就是他们一伙的，"爸说道，"除了他，没人知道咱们家里有现金。但是，我们也没有证据。我打听了，那个马贩子一直住在马龙镇的旅馆里。"

"感谢上帝把这只狗派来守护我们的安全。"妈说。

但阿曼乐却认为，大狗之所以留下来，完全是因为艾丽丝给它东西吃了。

"这可能就是上帝在试探我们吧。"妈说，"或许就是因为我们对上帝很仁慈，所以上帝才对我们也很仁慈。"

从那以后，大家就再也没有见过那只奇怪的狗。也许它就是一只迷了路的狗，吃了艾丽丝喂给它的东西，就有了力气，然后找到了回家的路。

第十四章
剪羊毛

草地和牧场上的草已经长成绿油油的一片了，天气也越来越暖和了。剪羊毛的时候到了！

一天早晨，阳光非常好，皮埃尔、路易斯和阿曼乐一起来到牧场，把那些羊群赶进栅栏里清洗。为了清洗羊群所围成的栅栏从郁郁葱葱的牧场一直延伸到特洛特河清澈的深水处。除了两端的出入口可以进出外，其余的地方都被封得很严实，出入口之间有一道低矮的篱笆通向水边。

皮埃尔和路易斯负责阻止绵羊逃走，阿曼乐就负责把羊推进栅栏，爸和约翰叔叔则会逮住这只羊。接着，阿曼乐又把另外一只羊也推了进去，罗雷和乔伊逮住了它。其他羊看见这一幕，吓得咩咩直叫，那两只被抓住的羊也又踢又叫的。大人们把棕色的肥皂涂在刚抓来的两只羊身上，然后把它们拖进了河水里。

到了河里，羊不得不游泳。爸和其他人都站在没过腰的河水里，紧紧抓住羊，用力地擦洗它们。羊毛上的脏东西和肥皂沫顺着河水流到了下游。

其他羊看到这一幕，更加惊慌失措了，一边咩咩地叫着，一边四处乱窜。但是，阿曼乐、皮埃尔和路易斯总能把它们赶进羊栏。

当一只羊被洗干净以后，大家就将羊赶到了栅栏的另一边，把它推上岸，让它们待在栅栏的外侧。那些可怜的小家伙一个个身上湿漉漉的，不停地咩咩叫着，但经过太阳一晒，很快身上的毛就变干了，而且会变得蓬松、雪白。

他们把一只羊放开，阿曼乐再往栅栏里推进另一只羊，大家也会再抓住它，然后在它的身上抹肥皂。

给小羊们洗澡真好玩，可是羊一点儿也不喜欢。给羊洗澡的人撩着水大声喊着，并不时地发出爽朗的笑声。男孩们则在草地上奔跑着，大声打闹着。阳光暖暖地照着他们的背，踩在草地上面的光脚丫却很凉爽。他们的笑声也很快消失在广阔的田野之中。

一只小羊横冲直撞，一头撞倒了约翰叔叔。约翰叔叔一屁股就坐进了河里。

乔伊大笑着说：“嘿，约翰叔叔，如果给你也涂上肥皂，就可以剪你的头发了！”

到了傍晚，大家给所有的羊都洗完了澡。它们浑身干净洁白，悠闲地在山坡上咀嚼着青草。远远望去，就像一簇簇盛开的雪球花。

第二天一早，大家还没开始吃早餐，约翰叔叔就已经来了。爸催着阿曼乐吃完早餐。阿曼乐抓了一块苹果派，就跟着爸去牧场了。一路上，阿曼乐一边闻着三叶草的清香，一边大口吃着苹果派。他舔了舔手指，把羊群聚拢在一起，赶着它们穿过挂满露珠的草地，来到了南牲口棚的羊圈。

爸已经把羊圈打扫干净了，并且搭建好了一个高高的台子。约翰叔叔和爸分别抓起一只羊，放到台子上，然后拿起大剪刀开始剪羊毛。一整张厚厚的白色羊毛毯被剪了下来。剪完毛的小羊就变成了粉嘟嘟的肉团儿，最后一剪刀下去，整张羊毛毯落在台子上，光溜溜的小羊从台子上跳了下来，咩咩地叫唤着。其他羊看到了，都咩咩直叫，慌作一团。

但是它们还是逃不过手脚麻利的爸和约翰叔叔，又一只羊被放到了台子上。

被剪下来的羊毛堆在操作台上。罗雷把羊毛捆起来，阿曼乐负责将它搬到楼上去，放在阁楼的地板上。他飞快地上上下下，但是每当他下来的时候，另一张羊毛卷就已经捆好等着他了。

爸和约翰叔叔都是剪羊毛的高手。他们的长剪刀闪电般钻进厚厚的羊毛里面，紧贴着羊的皮肤剪下来，但是从来都不曾伤到羊的皮肤。剪羊毛是项很有技术的工作。爸养的是最好的美利奴绵羊。这种羊毛是最好的羊毛，可是这种羊身上的皮肤非常松，有很深的皱纹，所以要想把羊毛剪干净，是很需要技术的。

阿曼乐抱着羊毛飞快地上下爬着楼梯。羊毛太重了，他一次只抱得动一捆。他本来不想偷懒，可是他看见谷仓的母猫正叼着一只老鼠跑过去，他猜想那只母猫一定是刚刚生完小猫。于是他忍不住跟了过去，一直跟到大牲口棚高高的屋檐下面。他发现了一个用干草做成的小窝，四只小猫崽在窝里挤成一团。母猫蜷缩在小猫崽身边，喵喵地叫着。它的眼睛又黑又亮，一下子瞪得圆圆的，一下子又眯成了一道缝。那些小猫的眼睛还没睁开呢，粉红色的小嘴里发出微小的喵喵声，它们那还没有长毛的手掌和脚掌上长着白色的小爪子。

当阿曼乐回到羊圈的时候，那儿已经堆起了六张羊毛。爸严肃地对他说：“儿子，下次别再让大家等你了。”

“知道了，爸。”阿曼乐连忙答应着。他听见约翰叔叔说：“他怎么可能跟上我们的速度呢？他还是个小孩子呢！”

“说得也对，约翰！他跟不上我们的速度。”

阿曼乐心想，一定要超过他们才行。只要他跑得再快一点儿，就一定可以赶上大家的速度。到了中午，阿曼乐已经赶上了罗雷，站在一旁等着罗雷捆好羊毛。

阿曼乐非常自豪地说：“你们看，我现在已经跟上你们的速度了！”

“哈哈，我们一定会比你先干完活儿。”约翰叔叔说道，“我们会赢的，等着瞧！”

听到这里，大家都笑了。

就在这时，吃饭的号角吹响了。爸和约翰叔叔剪完了手上的羊毛，就回屋里去了。罗雷捆好最后一张羊毛，也回去了。可是，阿曼乐必须将罗雷捆好的羊毛搬运到阁楼上以后，才能进屋吃午饭。直到这个时候，他才明白为什么刚才大家都在笑他。不过他心里还是暗暗下决心：“我肯定不会输给你们的！”

于是，阿曼乐找来一根绳子，逮住一只还没有剪毛的羊，连拖带拽地把它拉到阁楼上。他把羊拴在羊毛堆旁边，喂它吃了一些干草，这样羊就不会乱叫了。阿曼乐终于可以下楼去吃午饭了。

下午干活儿的时候，约翰叔叔和罗雷总是催促阿曼乐：“嘿，小伙子，加油啊！我们要超过你了，你要输了！”

“才不会呢！我会赶在你们之前干完活儿，看着吧，我一定会赢的！”阿曼乐大声地说。

大家每次听了，都会哄堂大笑。

于是罗雷刚捆好一捆羊毛，阿曼乐就飞快地抱起来一路小跑着冲向阁楼，然后又飞奔回来。他们大笑着看他跑上跑下，说：“好了，阿曼乐，不用来回跑了，反正你也不会赢的！”

快到做杂活儿的时间了，还剩下两只羊没有剪毛。爸和约翰叔叔开始比赛，结果爸赢了。阿曼乐抱起一捆羊毛转身就跑，等他从阁楼回来的时候，罗雷捆好了最后一捆羊毛。他说：“我们都做完了，现在就剩你了。你看，最后还是你输了吧？”说完，他和约翰叔叔都放声大笑，连站在一边的爸也笑了。

阿曼乐得意地说：“我才没输呢，是你们输了！楼上还有一只羊没有剪毛呢！”

大家听了阿曼乐的话，非常意外。这时，阁楼上传来了羊咩咩的叫声。

阿曼乐大声嚷嚷着：“听！就是那只羊！我把它赶到阁楼里了，它的毛还没剪呢，所以，是我赢了！”

约翰叔叔和罗雷都感到非常意外，阿曼乐看了忍不住哈哈大笑起来，爸也跟着笑了起来。

“你上当了，约翰！”爸笑着说，“俗话说得好，笑到最后的人才是真的胜利者啊！”

第十五章
寒　流

这年的春天姗姗来迟，而且很冷。黎明的时候，还是会感到有些刺骨的寒意，甚至连中午的阳光也是冷冰冰的。树叶慢慢地舒展开来，豆子、胡萝卜和玉米都在盼着天气再暖和一些，这样它们就可以茁壮生长了。

忙完了春耕，阿曼乐又得去上学了。只有小孩子才要去学校上春季学期，阿曼乐真希望自己再长大一点儿，就可以不用到学校里坐着上课了。因为在家里可以做很多的事，他不喜欢坐在那里一直读书。

爸把羊毛运到了马龙镇，镇上有一个专门纺织毛线的厂子。然后爸把成卷的羊毛带回家，羊毛被梳理得整整齐齐。自从有机器来梳理羊毛以后，妈就再也不用自己动手梳理羊毛了。但是，她还得自己给羊毛线染色。

罗雷在院子里生了一堆火，火上方架着一口大锅。妈把艾丽丝和伊丽莎从树林里捡来的树根和树皮扔进大锅里煮，接着再把羊毛线放进锅里，等到浸泡一段时间以后，再用棍子挑出来，这样毛线就被染成了棕色，或者红色，或者蓝色。当阿曼乐放学回家的时候，晾衣绳上挂满了各种颜色的羊毛线。

妈还会在家里做一些软肥皂。她把整个冬天燃烧的灰烬都收集在一个桶里，然后往桶里倒一些水。妈将灰汁倒进锅里，再把猪皮以及整个冬天积攒的没用的猪肉脂肪和牛肉脂肪都放进去一起煮。等到锅里的水沸腾后，灰汁和油脂混合在一起就能制作肥皂了。

阿曼乐知道该怎样烧柴火，还会将棕色的、黏黏的肥皂从锅里面挖出来，放进小桶形状的模具里。可是，他必须得上学去。

每天晚上，阿曼乐都会非常期待地望着天上的月亮，因为到了五月里月亮变得暗淡了，他就不用上学了，可以留在家里种南瓜。

终于等到种南瓜的时节了。在一个有些寒气的早晨，阿曼乐把一袋南瓜种子系在腰上，来到了玉米地。

黑黝黝的田地里看起来好像覆盖了一层绿色的薄纱。由于寒冷的缘故，玉米的叶子长得很不好。阿曼乐每隔一个玉米穴，每隔一行，就用拇指和食指捏起一颗南瓜种子，把它们尖头向下插进土壤里。

刚开始干活儿时天气还十分寒冷，不久，太阳就升起来了，清新的空气中弥漫着植物的芳香。阿曼乐捏起一粒粒小小的种子，然后把它们插进松软的土地里，让它们自由生长。

阿曼乐每天都在玉米地里种南瓜，直到将所有的南瓜种子都种完。接着，他又忙着将胡萝卜地里的杂草清理干净，并且将多余的像羽毛般的小胡萝卜苗拔掉，让两株胡萝卜苗间隔两英寸。干这些活儿的时候，阿曼乐不紧不慢的，没有谁能像他这么细心地照顾胡萝卜，因为他不想去上学。结果，等这些农活儿全都干完后，学校的春季班只剩下三天了。紧接着，春季学期结束，这样整个夏天他都可以在家干活儿了。

阿曼乐先帮着爸在玉米田除草。爸把一行行玉米间的土地犁了一遍，罗雷和阿曼乐就跟在后面，用锄头把剩下的杂草清理掉，然后翻松了玉米嫩苗和南瓜苗旁边的泥土。

阿曼乐耙了两英亩[①]玉米地，又耙了两英亩西红柿地。耙地告一段落，他们就可以去采浆果了！

今年的野浆果比每年成熟得都晚，产量也非常少，因为寒霜将第一批结果的野浆果都冻死了。所以，阿曼乐不得不走遍整个森林，才能摘满一桶小小的、甜甜的野浆果。

当阿曼乐在一片绿叶下面发现野浆果时，总是忍不住采摘下来吃上一些，他还折了一些新鲜的嫩枝，放在嘴里嚼了嚼。他一点儿一点儿地咬着酢浆草的嫩茎，吃起来酸酸甜甜的，一直咬到淡紫色的花蕊。有时候，他会淘气地向松鼠扔石子，还用空铁桶到河边去抓小鱼玩。阿曼乐直到桶里都装满了野浆果才回家。这样，晚餐就有奶油野浆果可以吃了。第二天，妈还可以做野浆果蜜饯。

“今年的玉米长得太慢了，”爸担心地说，“这是我从来都没碰见过的。”他又去玉米地里犁了一遍地，罗雷和阿曼乐也跟着去锄了锄。但是，玉米苗长得还是非常缓慢，到七月了，它们还是只有四英寸高，似乎是感觉到了某种灾难要到来一样，让它们害怕生长。

七月四日是独立纪念日，只剩下三天了。接着又过了一天，然后，只有一天了。尽管那天晚上不是星期六，但阿曼乐还是洗了澡，因为第二天他们要去马龙镇里参加庆祝活动。阿曼乐兴奋得恨不得第二天早晨马上到来。他知道庆祝活动将会非常热闹，不但有乐队表演、精彩的演说，还会鸣放礼炮。

夜里，大地一片寂静，星星看上去也冷冰冰的。吃完晚饭，

---

① 1英亩=6.0720市亩。

爸又去牲口棚检查了一遍，关上了里面所有的门和马厩的小窗户，还将母羊和羊羔都赶进了羊圈里，这才放心地走回屋里。

爸一回到屋子里，妈就问：“外面是不是暖和一点儿了？”

“非常冷，可能夜里会有霜冻。”爸说。

“应该不会的！”妈虽然这样说，其实心里很担心。

夜深了，阿曼乐被寒冷的空气冻醒了，但他实在太困了，不想睁开眼睛。这时，他听到妈的喊声：“快起来！罗雷！阿曼乐！”

“孩子们，快起来！”妈叫道，“玉米要被冻死了！”

阿曼乐猛地惊醒，迅速爬下床，穿上裤子。他睁不开眼睛，手脚也不利索，一连串的大哈欠打得下巴都歪了。他跟在罗雷后面跌跌撞撞地走下楼。妈、伊丽莎和艾丽丝正在戴围巾、系斗篷。厨房里没有生火，感觉凉飕飕的。屋外的一切看起来都怪怪的，青草上结着一层白霜，天空还是黑的，只有东边的天空有一条绿色的光晕。

爸给贝斯和美美套上马套，罗雷给水槽加满水，阿曼乐跟妈和女孩们搬来水管和桶，爸往马车上放了几个大桶。他们往桶里灌满水，然后跟在马车后面向玉米地走去。

所有玉米都遭遇了霜冻，只要轻轻碰一下，小小的玉米叶子就会折断。只有冷水才能挽救它们的生命。现在大家必须在日出之前，用清水给所有的玉米苗都浇上一遍，否则，太阳一照，玉米就都死了，那么今年的收成就全泡汤了。

爸把马车停在玉米地旁边，大伙开始给各自的桶里舀满水，然后都下田争分夺秒地干起来。

阿曼乐试图加快速度，可是水桶太重了，他的腿又不够长。沾了水的手指冰冷，水桶里的水不时地溢出来，溅到他的脚丫上。他困极了，跌跌撞撞地沿着耕道走，到了每株玉米苗前就往霜冻的叶子上泼一点儿水。在他看来整片玉米地似乎无边无际，这时候他又开始饿了，可是还有成千上万株玉米等着浇水呢，他不能停下来发牢骚，必须加快速度，拯救玉米。

东边的天空中逐渐出现了淡粉色。天渐渐亮了起来。起初，黑暗就好像一层薄雾笼罩在玉米地上。现在阿曼乐能看见耕地的尽头了。他努力再干快些。

转眼之间，黑漆漆的大地已经渐渐变成了暗灰色。太阳快出来了，会杀死玉米苗的。

阿曼乐跑去给桶灌满水，又急忙跑了回来。他沿着耕道跑下去，往玉米苗上浇水。他的肩膀很痛，胳膊也痛。柔软的泥土黏在他的双脚上。他的肚子都饿扁了，可是每洒一次水，就能救活一株玉米。

在灰色的日光下，玉米开始呈现出淡淡的阴影。几乎是一刹那间，太阳就完全出来了，照耀着大地。

“继续加油啊！”爸大声喊着。于是大家又继续干活儿。

可是刚过了一会儿，爸就放弃了：“好了，就这样吧，已经没用了。”因为只要太阳一照着玉米苗，玉米苗就没救了！

阿曼乐放下水桶，忍着疼直起了身子。大家都呆呆地站在那儿一言不发。他们浇了差不多三英亩的玉米田，还有四分之一英亩没有浇，只有这样白白损失了。

阿曼乐拖着沉重的脚步朝马车走去，爬了上去。爸说：“谢天谢地，我们至少救活了大多数玉米苗！”

大家一路上打着瞌睡，疲惫不堪地坐着马车回到牲口棚。阿曼乐还没完全清醒过来，他感到又冷又饿，他的双手都冻麻木了。

第十六章

独立纪念日

一直到吃早餐的时候，阿曼乐才意识到今天是独立纪念日。一想到这个，他顿时感到很兴奋。

跟每个星期天的早晨一样，一吃完早餐，阿曼乐就去用肥皂把脸洗得干净发亮，然后用梳子仔细把湿乎乎的头发从中间分开，向后梳顺滑。

阿曼乐穿上灰色的羊毛裤和法国印花棉布的衬衫、背心和短外套。妈新做的这件大衣是现在最流行的款式，大衣的领口处用两块布束得紧紧的，两块前襟则是斜着裁剪到身后的，这样背心就露了出来，衣摆一直盖到裤子后面的口袋上面。

之后，阿曼乐又戴上妈用燕麦秆编的圆草帽。

爸的骏马套上了闪闪发亮的红色马车，一家人沐浴着温暖的晨光，在凉爽的微风中出发了。乡间充满了节日的喜庆气氛，没有人在田里干活儿，大家都穿着节日的盛装，赶着马车去马龙镇。

爸赶着马车飞奔起来，把赶路的人们远远地抛在后面。它们飞速地超过了所有的马车、货车，还有灰色的马、黑色的马和斑点马。每次碰到认识的人，阿曼乐就会摘下帽子向他们挥舞着打招呼。阿曼乐心里琢磨着，要是现在赶着马车的是他该多好啊，那感觉一定会更棒！

到了马龙镇，阿曼乐帮助爸把马卸下来。妈带着罗雷和姐姐们匆匆走开了。比起干别的事情，阿曼乐更愿意留下来照顾马。尽管他还不会驾马车，但他可以把它们牵到马槽旁，给它们吃一点儿干草，帮它们盖紧身上的毯子，还可以抚摸它们柔软的鼻子。

做完这些，阿曼乐就跟着爸一起离开车马棚，走到了人群熙攘的人行道上。这时，所有的店铺都关门了，但是仍然有很多人在街上走来走去，边走边愉快地交谈着。穿着漂亮花边连衣裙的小女孩们打着遮阳伞，小男孩们都像阿曼乐一样盛装打扮。到处都飘扬着美国国旗。在宽敞的广场上，乐队正在演奏《美国佬》。横笛柔和地吹着，长笛发出悠扬的乐声，还有那咚咚响的大鼓声伴奏着。

美国佬进城了，
他的马非常矮，
他的帽子上插着一根羽毛，
叫作通心面条。

大人们和着音乐的节奏，一起拍手。在广场的角落里，摆放着两门铜炮。

这个广场并不是正方形的。因为正好有条铁轨从这里穿过，所以广场就成了三角形。但是，人们都已经习惯叫它方形广场了。广场的四周都围着栏杆，草坪上摆满了长木凳。人们像去教堂里一样，井然有序地进入广场，找好位置坐下来。

阿曼乐跟着爸走到了最前面的贵宾席。镇上有头有脸的人物都停下来跟爸握手。没过一会儿，长木凳上就坐满了人，还有些人没有座位，只能站在栏杆外面。

乐队停止了演奏，牧师开始祷告。之后，乐队又奏起乐来，所有人都站了起来，男人和男孩们摘下帽子，大家跟着乐队的伴奏放声歌唱：

你看，你看见那黎明初现的曙光了吗？
在黄昏最后一线亮光中，
我们欢呼着什么？
是谁的星条旗，
穿过战斗的枪林弹雨，
在我们守卫的堡垒上空飘扬？

湛蓝的天空下，旗杆上的星条旗缓缓飘舞着。所有人都注视着国旗，阿曼乐也慷慨激昂地唱着国歌。

唱完国歌，人们坐下来，一位国会议员走到台前，用舒缓而庄严的声音大声朗诵《独立宣言》：“在人类的历史上，一个民族必须……在世界列强之中享有平等独立的地位……我们认为以下真理是不容置疑的，那就是人人生而平等……”

阿曼乐感到既庄严又自豪。

接下来，又有两位先生走上台，发表了各自的政治演说，其中一位先生建议提高关税，另外一位先生主张自由贸易。大人们都在认真地听着台上的演说，但是阿曼乐听不懂，他有点儿饿了。当乐队的演奏再次响起时，阿曼乐开心极了。

欢快的音乐在广场上空回荡，乐手们穿着镶着铜扣的、红蓝相间的衣服，非常娴熟地演奏着。胖胖的鼓手咚咚地敲着鼓。彩旗迎风飘舞着，每个人都欢天喜地，因为他们是独立的、自由的。

很快到了吃午餐的时间。阿曼乐去帮爸喂马，妈和姐姐们则在教堂外的草地上摆好了午餐，这里还有很多其他人家也在野餐。阿曼乐吃得饱饱的，又回到了广场上。

在拴马桩的旁边有一个小摊，是卖柠檬水的。一杯粉红色的柠檬水要五分钱，很多男孩子都围在小摊周围，弗兰克也在其中。

阿曼乐在广场上的自来水管处已经喝饱了水，弗兰克却炫耀说他要买柠檬水喝，因为他有五分钱。说完，他跑向小摊买了一杯柠檬水，小口小口地抿着，还美美地咂了咂嘴，摸了摸肚子，然后问阿曼乐："喂，你为什么不去买一杯？"

阿曼乐问："你的钱是从哪儿来的？"阿曼乐从来不曾拥有过五分钱。爸每个星期天都会给他一分钱，但要放进教堂的捐赠箱里。除此以外，他从来没有过其他的钱。

"是我爸给我的！每次我跟爸要钱，他都会给我五分钱！"弗兰克吹嘘着。

"如果我跟我爸要，他也会给我的。"阿曼乐说。

"真的吗？那你怎么不去要呢？"弗兰克不相信阿曼乐。其实阿曼乐自己也不知道爸会不会给他钱。

"因为我不想要。"阿曼乐说。

"他才不会给你钱呢！"弗兰克说。

"他会给的！"

"那你现在就去要啊！"弗兰克说。其他男孩子围在旁边听着。

阿曼乐把手伸进口袋里，说："等我想要的时候，肯定会去要。"

"得了吧，你害怕啦！"弗兰克讥笑道，"打赌！打赌！"

这时，爸正在街上不远的地方，跟马车制造商派多克先生聊着什么。阿曼乐硬着头皮向爸走去，其实他心里很害怕，越靠近爸，就越不敢开口。以前阿曼乐从没跟爸要过钱，爸肯定不会给他的。

阿曼乐看着爸，静静地在旁边等着爸聊完天。

“小家伙，你有事吗？”爸问。

阿曼乐害怕了。

“爸……”

“你想说什么？”

“爸，你可不可以……给我……给我五分钱？”

说完，阿曼乐就愣愣地站在那里。爸和派多克先生一起看着他，他突然想马上逃走。

过了一会儿，爸问：“你要钱做什么呢？”

阿曼乐盯着自己的皮鞋，小声地回答说：“弗兰克有五分钱，他买了一杯柠檬水。”

“哦，是这样。如果弗兰克请你喝了柠檬水，那么你应该也请他喝。”爸把手插进口袋里，又问：“刚才弗兰克请你喝柠檬水了吗？”

阿曼乐非常想要得到五分钱，所以点了点头。但他马上又意识到撒谎是不对的，就连忙摇头说：“没有，爸。”

爸盯着阿曼乐看了一会儿，然后掏出皮夹，从里面摸出一枚圆圆的五角的硬币。“你知道这是什么吗？”爸问。

“五角钱。”阿曼乐小声地回答。

“没错，那你知道五角钱的意义吗？”

阿曼乐只知道这是五角钱，还能是什么？

“阿曼乐，这是辛勤劳动付出的回报。”爸说，“所有的金钱都是人们辛辛苦苦付出劳动得来的！”

站在一旁的派多克先生忍不住笑起来：“怀德，孩子还这么小，他听不懂你说的这些大道理。”

“不，阿曼乐很聪明，他能听懂。”爸说。

其实，阿曼乐一点儿都没听懂，他现在只希望能够立刻离开。派多克先生用充满怀疑的眼神看着爸，就像刚才弗兰克看阿曼乐一样。既然爸说阿曼乐聪明，阿曼乐就应该表现得像个聪明的男孩。

“阿曼乐，你知道怎么种土豆吗？”爸问。

“是的，我知道。”阿曼乐回答。

“如果在春天的时候给你一个土豆，你该怎么办？”

“先把它切成小块。”

“继续说，孩子。”

“然后耙地，撒上肥料，再犁地，接着把泥块耙松，然后做出犁沟。之后把土豆块种下去，然后再犁地和除草。犁地和除草得做两遍。”

“非常棒！然后呢？”

“然后等着土豆长大了，把它挖出来。”

“没错，孩子。在冬天时还要再检查一遍，把小的和腐烂的挑出来。等到春天的时候，把土豆装好拉到马龙镇上卖掉。如果行情好，半蒲式耳土豆能换回来多少钱？”

“五角钱。”阿曼乐说。

“没错。”爸说，“五角钱就包含着我们付出的辛劳和汗水。”

阿曼乐看了看爸手里的那枚硬币，突然觉得跟种土豆所付出的辛苦相比，这枚硬币实在是太渺小了。

“好了，阿曼乐，现在这枚硬币是你的了。”爸说。阿曼乐简直不敢相信自己的耳朵，爸竟然给了他五角钱！

爸说：“拿去吧，它是你的了。如果你愿意，你可以用它去买一头小猪，把小猪养大，就可以得到小猪生下的猪崽，每个猪崽可以卖四到五元钱。当然，你也可以用它去买柠檬水，然后痛痛快快地喝完。去吧，孩子，这是你的，你自己来决定该怎样花掉它。”

阿曼乐兴奋得都忘了跟爸说一声“谢谢”了。他把硬币紧紧地握在手里，然后又装进口袋里，回到了男孩们中间。男孩们还在那里围着，摊主正在大声叫卖着：“新鲜的柠檬水，快来买吧！一杯只需要五分钱！”

弗兰克问阿曼乐：“嘿！你要来的五分钱呢？”

“爸没有给我五分钱。”阿曼乐回答说。

弗兰克得意极了，说：“你看，我没说错吧！我就知道你爸肯定不会给你钱的！”

“爸给了我五角钱！”阿曼乐大声说着。

那些男孩都不相信阿曼乐的话，直到他从口袋里掏出五角的硬币。他们围着阿曼乐，想看着他把那枚硬币花掉，可是阿曼乐却把硬币放回口袋，说：“我要去逛一逛，为自己买一头小猪。”

乐队到了街上，男孩们都跑到乐队旁边去了。前面的人手里都高高举着飘扬的旗子，后面跟着吹喇叭和笛子的乐手，再后面是敲着鼓的鼓手。男孩们都跟在队伍后面，到了广场的铜炮旁才停下来。

广场上已经聚集了几百人在等着看放炮。铜炮的中间被架了起来，长长的炮筒指向天空。乐队还在演奏。有两个男人一直高声喊着：“向后退！都向后退！”这时，有人把黑色的火药倒进炮口，然后用一根绑着棉布的长棍将黑色火药推了进去。

铁棍有两个把手，两个男人一边顶一边压，将黑色的火药推到了铜炮的底部。这时候，所有男孩子都跑去拔铁路轨道两边的野草。他们将拔下来的草抱到大炮旁边。工作人员将草塞进炮筒里，用长棍将它们推进去。

铁轨旁点着一堆篝火，火堆里烤着一根长铁棍。

等炮筒里被草塞满以后，一个男人抓起一把火药，小心地撒进炮筒上的两个点火孔里，大家纷纷嚷着：“向后退！快向后退！”

妈一把抓住阿曼乐，拽着他往后走。阿曼乐说：“妈，你看那些人只往里面塞了一些草叶子而已，不会伤到我，我一定会很小心的。”但妈还是把他拉开了。

有两个人跑到篝火旁，把铁杆拿了出来。人们安静下来，目不转睛地盯着铜炮，像烛火一般微弱的火焰就从火药上燃烧起来。大家都屏住了呼吸。紧接着，嘣！

炮身猛地向后退了一下，天空中散落下很多杂草的碎屑。阿曼乐和其他男孩纷纷跑向铜炮，摸着还有余热的炮筒。所有人都不停地赞叹，炮声可真响啊！

“就是这样的炮声，吓跑了那些英国士兵。”派多克先生对爸说道。

“可能是吧！”爸摸了摸胡子说，“火枪大炮赢得了独立战争，但是，别忘了这个国家可是靠斧头和犁建立起来的！”

“你说得也有道理。”派多克先生连连点头。

开炮仪式结束了，独立纪念日的活动也就结束了。连大炮都已经点过了，大家除了套好马车回家，似乎也没有其他事情可以做了。

那天晚上，阿曼乐拎着奶桶回家时，他问：“爸，用斧头和犁怎么能建立一个国家呢？我们和英格兰人打仗用的就是斧子和犁吗？”

“孩子，我们是为了独立而战的。”爸回答说，“当初，我们的祖先只在高山和海洋之间拥有一小块长条形的土地。从这里一直往西是印第安人的地方，也有西班牙人、法国人和英国人的地方。最后，是农民把这里的土地一片一片地开垦出来，这才有了美利坚合众国。”

“农民是怎么做到的呢？”阿曼乐问。

“儿子，那时居住在这里的西班牙人都是军人，他们有权有势，但眼里只有黄金。法国人是毛皮商人，他们的心里也只想着赚钱。而英国人一年到头忙着四处打仗。只有我们农民想要开垦这片土地。农民们翻山越岭，开垦荒地，种植庄稼，在新土地上定居下来，建立了农场，以种田为生，扎根在土地上。现在，我们的国家往西开拓了三千英里，不但越过了堪萨斯州、北美大沙漠，还越过了无数雄伟的山脉，一直延伸到了太平洋。”

“建立起这个伟大国家的就是农民。儿子，你一定要记住这件事！”

第十七章

夏　季

天气越来越热了，绿色植物飞快地生长着。细长的玉米叶子都已经长到和人腰部一样高了。

爸又犁了一遍地，罗雷和阿曼乐也帮忙除草。杂草对它们已经构不成威胁了，所以无须照看，玉米也可以茁壮生长了。

土豆长势良好，开满了白色小花，在绿叶间若隐若现。燕麦地里浮起了一层又一层绿灰色的波浪。小麦刚刚抽出瘦瘦的穗，里面的麦粒会慢慢长大。田野里开满了粉紫色的鲜花，引得蜜蜂竞相追逐。

现在已经没有特别着急的工作要做了，所以阿曼乐有时间就去菜园里除草，给土豆松土。那些土豆是阿曼乐自己种的，他想看看它们会长成什么样子。每天早晨，他都会给南瓜施肥，这个南瓜阿曼乐是要拿到集市上去展览的。

阿曼乐跟爸学过用牛奶培育南瓜。他们从田园里挑出长得最好的南瓜藤，将其旁边的分枝都剪去，只留下一枝，再把多余的黄色南瓜花也掐掉，只留下一朵花。在绿色南瓜藤的根与茎之间，他们小心地割一个小口子，再挖一个浅浅的坑，把一碗牛奶放进坑里。接着，他把蜡烛芯的一端浸到牛奶里，另一端插进刚切好的小口里。

这样，南瓜就能吸收到牛奶了，会长得比其他南瓜大三倍。

现在，阿曼乐已经拥有了自己的小猪，就是用爸给的五角钱买来的。小猪刚买回来的时候还太小，阿曼乐只能拿一块布蘸些牛奶来喂它。但是很快，小猪仔就能自己喝牛奶了。阿曼乐把小猪安顿在阴凉的猪圈里，因为小猪在阴凉的地方长得最快。不管小猪喜欢吃什么，阿曼乐都会尽力满足它，所以小猪长得非常快。

阿曼乐长得也很快，不过还不够快。所以，阿曼乐总是尽量多喝牛奶，每次吃饭的时候，他都把自己的盘子盛得满满的，最后甚至都吃不完。爸看着他盘子里剩下的食物，问："儿子，怎么了？眼睛大肚子小了吧？"

阿曼乐只好努力再吃掉一点儿。他没有告诉任何人，其实他只是希望快点儿长大，这样就能帮爸训练那些小马了。

每天，爸都会用长绳牵出一匹两岁大的马到外面，训练它们按照指令"走"和"停"，有时候还会给它们戴上马鞍和马笼头，训练它们的胆量。很快，爸就会让小马驹和温顺的老马一起拉轻便的马车了。不过，爸在训练小马的时候，从来都不让阿曼乐进入空地。

虽然阿曼乐确信自己不会惊吓到小马，不会令它们乱跳、乱叫，甚至跑掉，但是，爸还是不放心，毕竟他只是一个刚刚九岁的小男孩。

这年，母马贝斯生下一匹漂亮的小马驹，它的额头上长着一块白色的星形图案，所以阿曼乐叫它"星光"。星光很活泼，经常跟着它的妈妈在牧场上跑来跑去。有一次爸去镇上办事了，阿曼乐偷偷地溜进牧场去看星光。

贝斯看到阿曼乐走过来，一双大眼睛十分警觉地盯着他，星光害怕地往贝斯的身后躲。阿曼乐停住脚步，站在那儿静静地看着它们。过了一会儿，星光从贝斯的脖子下面探出小脑袋，好奇地看着阿曼乐。阿曼乐还是一动不动。星光竟然一步一步地朝阿曼乐走了过来，瞪大了眼睛打量他。贝斯用鼻子碰了碰星光的背，摇着尾巴向前走了一步，低下头去吃青草。星光待在原地，微微发抖，盯着阿曼乐。贝斯看着他们，平静地咀嚼着青草。星光又试探性地往前迈了一步，这时候它已经离阿曼乐很近了，阿曼乐一抬手就能摸到它，但是他忍住了，依然没有动。星光继续向前走了一步，阿曼乐屏住了呼吸。突然，星光猛地一转身，又躲到了贝斯的身后。这时，阿曼乐听见伊丽莎在远处喊他："阿——曼——乐！"

其实，伊丽莎已经看到阿曼乐去牧场里了。晚上，她把这件事告诉了爸。虽然阿曼乐一再解释说自己进去以后什么都没做，只是站在那里看了一会儿小马，可爸还是说："听着，如果再发现你靠近小马，我就要揍你了！那可是一匹上好的马驹，如果它跟你学了一些坏习惯，要想改过来可就没那么容易了！"

夏季白天的时间很长，妈说这个季节正适合万物生长。阿曼乐觉得什么东西都长得那么快，只有自己长得很慢。时间一天一天地过去了，他觉得自己一点儿也没长高。他每天都会去菜园除草、松土，帮着爸修补栅栏、劈柴，还有做杂活儿。天气特别热的下午，如果没有什么事情可做，他就会去游泳。

有时候，阿曼乐早晨起来后听到外面在下雨，就会觉得非常兴奋，因为那意味着他可以跟爸一起去钓鱼了。

阿曼乐从来不敢主动跟爸说想去钓鱼，因为在玩乐上花费时间是没有意义的。就算是下雨了，爸一样有很多事情要做。他可以修理马具、磨刀具，或者刨一些薄木板。阿曼乐安静地吃着早餐，但在心里却非常希望爸可以拉着他一起去钓鱼。

“今天你准备做什么？”妈问。

“我本来想把地犁一遍好种胡萝卜，然后再修一修栅栏。”爸回答说。

“今天没法做这些了，外面下雨呢。”

“嗯，今天的雨太大了，没办法干农活儿了。那么，阿曼乐，咱们去钓鱼怎么样？”爸说。

阿曼乐飞快地跑去拿起锄头和鱼饵罐，然后去外面挖了些蚯蚓当鱼饵。雨滴打在他的旧草帽上，沿着帽檐落在他的手臂和后背上，冰凉的泥浆从他的趾间滑了过去。等他跟爸一起穿过牧场朝特洛特河那边走去时，他全身都已经湿透了。

被雨水洗刷过的三叶草散发着特殊的清香。雨水滑过阿曼乐的脸颊，湿湿的草黏在他的腿上。细密的雨点滴落在特洛特河沿岸的灌木丛中以及岸边的岩石上，一切都那么美好。

阿曼乐跟在爸的身后走在河岸边，然后选好了位置，爸找了棵铁杉树站住了脚，阿曼乐坐在一棵雪松高高撑起的树枝下。他们把钓鱼钩甩进河里。雨滴在水面上，泛起一圈一圈的涟漪。

突然，有一道银光从空中闪过，原来是爸钓到了一条鲑鱼！爸把鱼抛向岸边的草丛里。阿曼乐高兴得又蹦又跳，不过他马上意识到不能大声喊叫。

过了一会儿，阿曼乐觉得自己的鱼线好像被猛拉了一下，鱼竿的末端都要被拉进水里去了。他连忙使劲儿往上提起鱼竿，钓线的末端挂着一条鳞光闪闪的大鱼！这条大鱼不停地扭动着身体，拼命挣脱，但阿曼乐还是成功地把它从鱼钩上拿了下来。这真是一条漂亮的花斑鲑鱼啊，比爸钓到的那条鱼还要大。阿曼乐高兴地抓着鱼给爸看。接着，他又把鱼饵挂上鱼钩，甩进河里。

下雨的时候最容易钓到鱼了。爸又钓了一条，阿曼乐又钓了两条。紧接着爸又钓了两条，阿曼乐则钓了一条更大的鱼。没过一会儿，他们就钓了两串肥大的鲑鱼了。爸连连夸奖阿曼乐："真不错啊！"阿曼乐也夸奖着爸："爸，你真厉害啊！"

他们冒雨穿过苜蓿草丛，拎着鱼回家了。

阿曼乐和爸浑身上下都被雨水淋透了，但身体却没有感觉到寒冷，反而都觉得热乎乎的。

他们在柴堆旁边的菜板上把鱼收拾干净，把鱼鳞刮掉，清理干净内脏。现在，煮奶的大锅里面放满了大鱼。妈把鱼裹好玉米粉，放在油锅里煎熟。这些香喷喷的煎鱼就是他们的晚餐啦！

"阿曼乐，下午帮我搅拌牛奶吧！"妈说。

奶牛的产奶量很大，所以每个星期需要搅拌两次牛奶。妈和姐姐们早就干腻了，所以每到下雨天，她们就让阿曼乐去干。

地下室的墙壁被粉刷得雪白，一个大木桶立在木架上，里面还有半桶奶油。阿曼乐转动手柄，搅拌桶便摇摆起来，桶里的奶油哗啦啦地被搅动着。阿曼乐不停地摇动手柄，奶油被分离出来，可以看见有很多黄油珠浮在乳白色的牛奶上。

阿曼乐美滋滋地喝了一大杯酸奶，又吃了一点儿饼干。然后，妈把黄油颗粒捞出来，一颗颗认真清洗，再放一点儿盐，之后就把这些金黄色的黄油块在黄油盆里压紧。

夏天，不仅仅有钓鱼一件好玩的事情。七月份的一天傍晚，爸说："如果一个人每天只知道工作却不去玩耍，是会变傻的！孩子们，我们明天去采摘野莓吧！"

阿曼乐虽然嘴上没说什么，但心里早就乐开了花。

第二天，太阳还没升起来，一家人就坐着马车出发了。每个

人都穿着旧衣服，拎着木桶、篮子和美味的野餐。马车跑了很长时间，到了肖托夸湖附近的深山里，这里生长着很多野生的蓝莓。

森林里停了很多辆马车，其他人家也来这里采摘野莓了。人们说说笑笑，有时还高兴地唱起歌来，整个森林里到处都弥漫着欢乐的气氛。只要这时候来这里，都可以碰到很多采野莓的朋友。人们一边忙着摘野莓，一边聊着天。

树之间的空地都被低矮的灌木丛叶子给覆盖了，一串串蓝莓就躲在叶子下面。在炎热、安静的午后，空气中弥漫着香甜的浆果味。

小鸟们也飞过来享受这美味的蓝莓大餐，空中响起它们拍动翅膀的声音。蓝鸟似乎对人们来采摘浆果非常不满，总是盘旋在人们的头顶上生气地大叫。有两只竟然攻击了艾丽丝的遮阳帽，吓得艾丽丝大叫起来，幸好阿曼乐跑过去赶走了它们。有一次，阿曼乐一个人跑到雪松后面去采摘浆果时，竟然遇到了一头黑熊。

当时，那头黑熊正在用后腿站着，两只毛茸茸的爪子不停地往嘴里塞蓝莓。阿曼乐吓得站在那里一动不动。这时，黑熊也看到了阿曼乐，愣在了那里。阿曼乐瞪着它，黑熊也害怕地盯着他。接着，黑熊就将前腿放了下来，惊慌失措地逃走了。

该吃午餐了。大家在泉水旁边的树荫下摆好午餐，全家人围坐在一起，一边吃午餐一边聊天。吃完午餐，大家又喝了些清澈的泉水，然后就继续去采摘浆果了。

下午还没过一会儿，所有的篮子和木桶里都装满了浆果。爸赶着马车回家了。一路上，阳光洒进马车，闻着野莓芳香的气味，大家都有点儿困了。

回到家，妈和姐姐们忙了好几天，才把采摘回来的浆果制作成果酱、果冻和蜜饯。从那以后，几乎每顿饭，饭桌上都摆着越橘饼和蓝莓布丁。

有一天晚上，大家正在吃晚餐，爸说：“孩子们，我和你妈准备去度假了，我们要去安德鲁叔叔家住几天。我们不在家的这段时间，你们可以照看好家吗？”

“伊丽莎和罗雷都是大孩子了，”妈说，“我相信你们一定可以看好我们的家的，还有艾丽丝和阿曼乐帮你们呢！”

阿曼乐看了看艾丽丝，然后他们俩一起看向伊丽莎，最后，大家一起看着爸说：“是的，爸，我们可以。”

第十八章

小当家

安德鲁叔叔家在十英里以外。一个星期以来，爸和妈都在为准备出门而忙碌，另外也不忘将家里的事情一一交代给孩子们。

一直到出发那天，妈都已经上了马车，还在嘱咐着。

“记着每天晚上都要去捡鸡蛋。伊丽莎，搅拌黄油的时候，记住别在黄油里放太多的盐，把黄油装进小桶里以后，千万别忘了盖好盖子。还有，别去摘豆角和豌豆，那些都是准备做种子的。我们不在家，你们要乖啊……”

妈把长长的裙摆放在座位和挡板之间。爸用毛毯盖在他们的腿上。

“伊丽莎，小心火烛，如果火炉里的火没有灭，就不要离开屋子。别拿着点燃的蜡烛打闹。还有……”

爸拉了一下缰绳，马车离开了。

“可别把糖都吃光了！”妈回头大声叮咛。

马车拐上大路以后，马开始小跑起来，把爸和妈飞快地拉走了。不一会儿，车轮的声音消失了，爸和妈的身影也看不见了。

孩子们呆呆地站在那里，谁都不说话，甚至伊丽莎的表情看起来都好像有点儿害怕。牲口棚、田野和房子一下子变得很大，空荡荡的。接下来的一个星期，爸和妈都会待在十英里以外的地方。

突然，阿曼乐将帽子抛向空中，大声欢呼起来。艾丽丝双臂抱肩，叫道："那么，我们现在应该干点儿什么？"

当然是他们想干什么就可以干什么了，现在已经没有人约束他们了！

"我们得先洗盘子，然后整理床铺。"伊丽莎开始发号施令。

"不，我觉得我们应该先做冰激凌吃！"罗雷也叫喊起来。

冰激凌是伊丽莎最爱吃的甜点了，但她犹豫了一下，说："那好吧。"

罗雷带着阿曼乐向储冰屋跑去。他们先从木屑中搬出一块冰放进了盛谷物的布袋里面，然后运到厨房的后门口，再用斧头敲。艾丽丝一边看他们敲冰块，一边搅拌着盘子里的鸡蛋清。最后，鸡蛋清被搅拌成浓稠状，即使盘子倾斜，鸡蛋清也不会淌出来。

伊丽莎准备好适量的牛奶和奶油，然后从食物储藏室的木桶里舀了些糖。这可不是普通的枫糖，而是在商店买的白砂糖，平时妈只有在招待客人时才会用。伊丽莎舀了整整六杯糖，然后把剩下的白砂糖抹平，这样看起来就像是没有用过一样。

伊丽莎把黄色的蛋奶液用一个很大的牛奶桶装满了，大家把牛奶桶放进一个装满了碎冰块的大木桶里，在给碎冰块撒上盐之后，用毯子把桶封严实。

每隔几分钟，他们就掀开毯子，打开桶盖，搅拌一下正在慢慢结冰的蛋奶液。

当它全都凝固的时候，冰激凌就做好啦！艾丽丝拿来碟子和勺子，阿曼乐拿来一块蛋糕和切黄油的刀。他将蛋糕切成了小块，伊丽莎负责把冰激凌舀进碟子里。现在，他们可以大口大口地享用冰激凌了，没有人来管他们。

到了中午，他们把所有的蛋糕和冰激凌几乎都吃光了。伊丽莎说该吃午饭了，可是，没有人想吃东西了。

“我现在就想吃西瓜。”阿曼乐说。

“太棒了，我也想吃，我去摘一个！”艾丽丝跳起来喊着。

“艾丽丝，你得先去把碟子洗干净！”伊丽莎立刻大喊。

“我知道，我会洗的，我回来以后马上洗！”艾丽丝大声回答。

艾丽丝和阿曼乐跑进了西瓜地。天气热极了，西瓜叶被阳光晒得没精打采的，一个个圆滚滚的西瓜就藏在它们下面。阿曼乐用手指弹了弹西瓜皮，然后仔细辨别弹出来的声音，判断西瓜是否成熟。可阿曼乐和艾丽丝的意见产生了分歧。阿曼乐觉得熟了的西瓜，艾丽丝觉得它还是生的；艾丽丝觉得成熟了的，阿曼乐又觉得是生的。没有其他的方法可以判别，虽然阿曼乐确信这方面他了解的比女孩子多得多。

最后，阿曼乐和艾丽丝一共摘了六个大西瓜，然后把它们一个个运到储冰屋里，放在湿冷的木屑上。之后，艾丽丝就去厨房里洗碟子了。阿曼乐觉得自己并没有什么活儿要做，就想到河边去游泳。可艾丽丝刚一走开，他就跳进了牲口棚，溜进了小马休息的牧场里去了。

草地一望无垠，烈日炎炎，小虫子在尖声鸣叫。贝斯和美美躺在凉爽的树荫下休息，它们的小马驹就站在它们身边，甩着毛茸茸的尾巴，纤细的腿笔直地站在地上。两岁大的马和三岁大的马都悠闲地在那里吃草。发现阿曼乐走过来，所有的马都一齐抬起头盯着他看。

阿曼乐慢慢地向小马靠过去，并伸出了手。其实他手里什么都没有，他只是想去摸一摸那些可爱的小马。可是，马并不知道他想干什么。星光和其他小马摇摇晃晃地躲到自己的妈妈身后。贝斯和美美抬起头来看了看阿曼乐，然后又躺下了。稍微大一点儿的小马警惕地竖起了耳朵。

这时候一匹小马走向阿曼乐，紧接着，又有一匹马走了过来，一共有六匹小马靠了过来。阿曼乐想，如果自己带了胡萝卜来该多好啊！这些小马简直太漂亮了，它们抖动着自己漂亮的鬃毛，大大的眼睛闪闪发光。阳光照射着它们强壮的脖子，以及胸前的肌肉，显现出特有的光泽。

这时，有一匹小马突然跑了起来，紧跟着，另一匹马驹开始尖声嘶叫，尾巴翘得老高，马蹄强有力地踏在草地上，发出嗒嗒的声响。接着，它们都转过身去，把棕色的臀部和翘起来的尾巴朝向阿曼乐。六匹马飞快地绕着大树狂奔了起来。阿曼乐听见它们来到了他的身后。

他猛地转过身来，只见马驹强有力的蹄子和巨大的胸膛正朝着他逼近。它们跑得太快了，几乎停不下来。阿曼乐已经来不及躲避了，他只得闭上了眼睛，大叫：“唔！”

天空和大地似乎颤抖起来。他睁开眼睛，只见棕色的马腾空而起，浑圆的腹部和马腿从他的头顶一跃而过。同时，像闪电一般，一匹匹马从他身边飞奔而过，把他的帽子都刮掉了。他惊得目瞪口呆，连三岁大的马驹都能跃过他的头顶呢！马们奔向了牧场里面。这时，阿曼乐看到罗雷跑了过来。

“嘿！离那些小马远一点儿！”罗雷大声吼道。他冲过来，嚷着要好好教训一下阿曼乐。

“你明明知道不能招惹这些小马！”罗雷一边说，一边揪住阿曼乐的耳朵，小跑着来到牲口棚。阿曼乐说自己什么也没做，可罗雷根本听不进去。

“听着，阿曼乐，如果我再看见你招惹那些马的话，我可要扒你的皮，还会告诉爸！”罗雷警告他说。

阿曼乐揉了揉被揪疼的耳朵，跑开了。他一口气跑到特洛特河，跳下去游了好半天，才觉得好受一些。他心想，做个最小的孩子老是受气。

下午，西瓜冰好了，阿曼乐把西瓜放到院子里冷杉树下的草地上。翠绿的西瓜皮上滚动着水珠，罗雷用切肉刀把西瓜一下切成了两半，西瓜完全熟了。

罗雷、阿曼乐、艾丽丝和伊丽莎一起痛痛快快地吃起了西瓜，把肚子撑得圆滚滚的。阿曼乐把油亮的黑西瓜子弹向伊丽莎，伊丽莎大叫着让他老实一点儿。他慢悠悠地吃完最后一块西瓜，说：“我要把露西带过来吃西瓜皮。”

“不行！”伊丽莎连忙阻止说，“那么脏兮兮的猪怎么能带到前院来呢！”

“你瞎说，它才不脏呢！”阿曼乐说，“它是一头非常爱干净的小猪，你没见它每天都把自己的窝整理干净吗？这样的事马就不会做，牛和羊也不会做！猪是……”

“好啦好啦，这些我都知道。”伊丽莎打断了阿曼乐的话。

“那你还说它脏！它可跟你一样干净呢！”

“妈不是说过你得听我的吗？”伊丽莎说，“这些西瓜皮不能喂猪，那样太浪费了！我得用它们做腌菜。”

“可这些西瓜皮又不都是你的，也有我的份！”

这时，罗雷走过来说：“阿曼乐，跟我走，该去做杂活儿了。”

阿曼乐没再说话。但是，杂活儿干完以后，他去猪圈里把露西放了出来。露西是一头小白猪，身上跟小羊羔一样白。它特别喜欢阿曼乐，只要看见他就把小小的卷尾巴扭来扭去。阿曼乐打开猪圈的门，露西跟着他朝房子走去，一路上开心地发出呼哧呼哧的声音。到了屋门口，露西兴奋地尖叫，伊丽莎说自己的耳朵都要被震聋了。

吃过晚餐，阿曼乐端着一盘吃剩下的食物去给露西吃。他在台阶上坐下来，轻轻地抓挠露西的背，露西最喜欢阿曼乐这样抚摸它了。

厨房里，罗雷和伊丽莎因为吃糖果的事情吵了起来。罗雷想做糖果，但伊丽莎坚持说糖果只能在冬天的夜晚享用。罗雷问，为什么夏天不能做糖果，伊丽莎说不上来。阿曼乐觉得罗雷说得很对，于是，他走进厨房，站在了罗雷的一边。

艾丽丝说知道怎么做糖果，可伊丽莎不同意做。艾丽丝把糖、糖浆和水装进小锅，放在火上煮了起来。煮好以后，艾丽丝把混合的糖浆倒进平时装黄油的大浅盘里，然后放在门廊里冷却。大家在手上抹了一点儿黄油，准备拉软糖。伊丽莎也在手上抹好了黄油。

露西在吱吱地呼唤着阿曼乐。阿曼乐跑过去看看糖浆有没有冷却好，其实他是想弄点儿糖浆给露西尝尝。这时，糖浆已经冷却了，旁边也没有人，所以阿曼乐挖了一大块棕色的软糖，塞进了露西的嘴里。

之后，孩子们开始拉糖了。他们先把糖拉成细长的条，对折之后继续拉长，每次对折以后，他们都会咬一口。

糖非常黏稠，弄得他们牙齿上、手上和脸上到处都是，就连头发都沾上了。糖本来该变得又硬又脆的，可是无论他们怎么拉，糖还是软软的、黏黏的。早已经过了睡觉的时间了，他们只好先去睡觉了。

第二天一大早，阿曼乐一推开门，就看到露西没精打采地站在院子里，低着头。看到阿曼乐，它也没有兴奋地吱吱叫，而是非常难受地摇了摇头，使劲儿皱了皱鼻子。

阿曼乐仔细一看，发现露西的白牙那里变成了一条光滑的棕色的缝。

原来，露西的牙齿都被软糖黏住了，所以，它没办法吃东西、喝水，更没办法尖叫，甚至连哼哼也不行。这会儿，它看到阿曼乐向它走过来，竟然害怕地逃走了！

阿曼乐赶紧叫罗雷来帮忙。他们追着露西跑，穿过丁香树，然后又跑到了菜地里。露西像发疯了一样东躲西藏，却一声不吭，因为它的牙齿被糖黏住了。

露西飞快地从罗雷的胯下钻过去，把他撞了个大跟头。阿曼乐差点儿抓住它，却摔了一跤。露西扯断了蚕豆的蔓藤，踩烂了熟西红柿，还把绿油油的圆白菜连根拱起。伊丽莎怒气冲冲地喊着，艾丽丝也加入了抓猪的队伍。

最后，大家好不容易把露西逼进一个角落。露西吓得团团转，踩脏了艾丽丝的长裙子。阿曼乐看准时机，猛地扑过去抓住了它。露西腿脚乱蹬，把阿曼乐的衣服扯出了一个大口子。

阿曼乐拼命将露西按在地上，艾丽丝抓住它不停乱蹬的后腿，罗雷则掰开它的嘴，弄掉了黏在牙齿上的糖。之后，露西发出了刺耳的尖叫声，那声音几乎能穿透人的耳膜，似乎要将前一晚和孩子

们追它时没能叫出来的声音都叫出来。最后，它一路尖叫着跑回了猪圈。

“阿曼乐，都是你干的好事！”伊丽莎大声地嚷着。

阿曼乐累得大口大口地喘着气，他看不到自己的样子，也没兴趣看。

艾丽丝也被吓坏了，因为阿曼乐把糖浪费在了猪身上，而且他的上衣也破了，虽然可以缝补，但还是看得出来。

“我才不在乎呢！”阿曼乐说。他庆幸的是，妈要过整整一个星期才会知道。

这一天，孩子们又做了一些冰激凌吃，还把最后一块蛋糕也吃光了。艾丽丝说自己会做糖油蛋糕，她决定试着做一个，然后还要到客厅里去坐坐。

阿曼乐觉得客厅里没有什么好玩的。伊丽莎说：“不行，客厅是用来招待客人的地方！”

客厅又不是伊丽莎的，而且妈从来没说过不准进去坐。阿曼乐觉得，如果艾丽丝想坐客厅就尽管坐吧。

那天下午，阿曼乐跑进厨房想看看糖油蛋糕做得怎么样了。恰好艾丽丝正从烤箱里取出烤好的蛋糕，厨房里充满了蛋糕的香甜味。阿曼乐忍不住掰了一块塞进嘴里。艾丽丝用刀把阿曼乐掰过的地方切掉，两人就着最后一些冰激凌又吃了两片糖油蛋糕。

“我们可以再做一点儿冰激凌。”艾丽丝说。

这时候，伊丽莎正在楼上。阿曼乐提议说：“我觉得咱们可以先去客厅里坐一会儿。”

于是，他们轻手轻脚地进了客厅。客厅里有点儿暗，窗帘都拉着。客厅美极了，墙壁上贴着金色和白色相间的壁纸，地上铺着妈手工编织的地毯，漂亮得让人舍不得下脚去踩。客厅中央的大桌子上是大理石材质的桌面，上面放着一件金黄相间的瓷器，以及粉色玫瑰。灯的旁边摆着一本封面是红色天鹅绒的相册。

靠墙的地方摆着厚实的马鬃椅子，两扇窗户之间的墙壁上挂着乔治·华盛顿的画像，看上去十分威严。

艾丽丝提起宽大的裙摆，坐在沙发上。沙发上的针织垫子十分光滑，她还没坐稳就滑到了地板上。她不敢笑出声，担心被伊丽莎听见。阿曼乐看到了，也学着艾丽丝的样子，从椅子上滑到地板上。

以前家里有客人来时，他们都得坐在客厅里。那时候，他们只有用脚趾尖顶着地板才能确保自己不滑下去。现在，他们非常放松，一次又一次地从沙发和椅子上滑下来，直到艾丽丝笑得太大声了，止也止不住，他们才停下来。

接着，他们去看陈列架上摆着的贝壳、珊瑚和小瓷像，但是他们不敢伸手去摸。这时，他们听到伊丽莎下楼的动静，连忙蹑手蹑脚地溜出客厅，轻轻关上了客厅的门。幸好伊丽莎没有发现他们。

孩子们本以为一个星期的时间会很长，结果一眨眼就要过去了。一天早上吃早餐的时候，伊丽莎说:“爸妈应该明天就回来了。”

大家兴致全无。因为菜园里的草还没有除，豌豆和豆角还没有摘，藤蔓长得也太快了，鸡舍也没有彻底打扫。

“现在家里一团糟。”伊丽莎说，“今天我们必须得搅拌奶油了。我可怎么跟妈交代呢？那些糖已经被我们吃光了！”

大家再也没有胃口吃早餐了，他们看了看糖桶，果然已经要见底了。

只有艾丽丝尽力摆出一副非常高兴的样子。“没关系，我们得往好处想！”她学着妈的语气说，“妈说过，‘你们不能把糖都吃光了'，现在还剩下一点儿糖啊，我们没吃光，桶底还有一些。”

这真是忙乱不堪的一天。大家都竭尽所能地努力干活儿。罗雷带着阿曼乐给菜园除草，还清理了鸡舍，清扫了牛棚，把南牲口棚的地板也收拾干净了。艾丽丝则跟伊丽莎一起打扫房间。伊丽莎让阿曼乐搅拌奶油，一直到黄油从奶中分离出来为止。然后，她飞快地拣出颗粒，洗干净，将它们装进小桶里。阿曼乐感觉自己都要饿晕了，但午餐只能吃面包、黄油和果酱。

“阿曼乐，你现在得把炉灶打扫干净！”伊丽莎说。

阿曼乐最不喜欢的工作就是打扫炉灶了，但是他又担心伊丽莎把自己喂露西吃糖的事情告诉爸妈，所以十分不情愿地去干了。

伊丽莎一边忙着给房子扫尘，一边唠叨着：“小心！别把黑油溅出来了。”阿曼乐心想，自己当然不会把黑油溅出来，但他什么也没说。

“快点儿，阿曼乐，你的动作得快点儿！”

“别用那么多水，你得使劲儿擦！”

伊丽莎去客厅里掸灰，她喊着：“阿曼乐，炉灶打扫好了吗？”

“没好呢。”阿曼乐说。

“天啊！还没好？阿曼乐，你别磨蹭了！”

“你以为你是谁呀？”阿曼乐小声嘟囔着。

“你说什么？”伊丽莎问。

“没说什么。”阿曼乐说。

伊丽莎来到厨房门口，说：“不对，你肯定说过什么！”

阿曼乐站起来大喊：“我说，你以为你是谁呀？”

伊丽莎气呼呼地嚷着：“阿曼乐，你等着，等爸妈回来我就把你干的好事告诉他们。”

阿曼乐并不是存心要将刷子甩出去的，可是它却从手里直直地飞出去了，擦过伊丽莎的脑袋，打在客厅的墙壁上。白色和金色条纹相间的墙纸上突然出现一大片黑色的墨迹。

艾丽丝吓得连连惊叫。阿曼乐转过身，径直跑进了牲口棚，藏到了干草垛里面。阿曼乐没有哭，因为他已经快满十岁了。

等妈回来以后，看到客厅的墙壁，一定会非常生气。那么，爸就会把他带进柴房，然后用黑牛皮鞭揍他一顿。他想躲在干草垛里不出来了。

过了好半天，阿曼乐听到罗雷走进干草棚喊他，连忙爬了出来。阿曼乐清楚罗雷知道这件事了。

罗雷难过地说："阿曼乐，你得挨一顿鞭子了。"阿曼乐也知道自己躲不过这顿鞭子了，但事情是瞒不住的啊。阿曼乐说："我才不在乎呢！"

于是，阿曼乐帮忙做了杂活儿，之后便去吃晚餐。本来他没感觉饿，但他要吃给伊丽莎看，表现出一点儿都不在乎的样子。之后，他就上床睡觉了。客厅的门关着，但他知道，白色和金色条纹相间的墙纸上有一大片黑色的墨迹。

第二天，爸妈回来了，马车驶进院子里。阿曼乐不得不跟大家一起出来迎接爸妈。艾丽丝偷偷在阿曼乐耳边说："别担心，说不定他们不会在意的。"虽然这样说，但她的表情跟阿曼乐一样焦虑不安。

"孩子们，我们回来了！家里一切都还好吧！"爸高兴地说。

"是的，爸。"罗雷回答道。阿曼乐没像以往一样过去帮忙卸下马具，而是待在屋里。

妈一边摘下遮阳帽，一边到处走动，检查家里的每样东西。

"太棒了，伊丽莎，艾丽丝！这屋子跟我在家时一样干净！"妈高兴地说。

“妈，妈……”艾丽丝小声说。

“怎么了，艾丽丝？”

“妈，”艾丽丝鼓足勇气说，“您叫我们别把糖都吃光，可是我们差不多快把糖吃光了。”

妈笑了：“好孩子，你们这么听话，我不会因为你们多吃了糖就责怪你们的。”

但是，妈还不知道客厅墙壁脏了呢！现在，客厅的门紧紧地关着，也许今天妈发现不了，明天也不会发现。吃饭的时候，阿曼乐慢吞吞的，一点儿胃口都没有。妈看了感到非常心疼，带他走进食品储藏室，让他吞下了一大勺黑乎乎的用树根和草药做的药。

阿曼乐不希望妈发现客厅的墙壁脏了，又希望妈能尽早发现。熬过最令人恐怖的时刻，他就可以不再恐慌和害怕了。

第二天晚上，孩子们听到院子里有马车进来的声音。原来是韦伯先生和太太过来拜访了。爸妈在院子里迎接他们，并邀请他们到客厅里坐。

阿曼乐听到妈说：“请到客厅来坐坐！”

听到这话，阿曼乐一下子僵在那里了，连话都不会说。妈一直以漂亮、干净的客厅为傲。现在，妈要带着客人进去了，大家一定会发现墙上的污渍！

妈打开客厅的门，带头走了进去。韦伯太太跟在后面，接着韦伯先生和爸也走进去了。阿曼乐看着他们的背影，听到了妈拉开百叶窗的声音。客厅里一下子亮了很多。阿曼乐觉得好半天都没有人开口讲话。

之后，他听见妈说：“韦伯先生，请坐在那张椅子上吧，别客气。韦伯太太，请到这边沙发上坐吧！”

阿曼乐简直不能相信自己的耳朵，他听到韦伯太太说：“你家的客厅真漂亮，我都不忍心坐下来了。”

现在，阿曼乐可以直视客厅墙上被污渍弄脏的地方了，他简直不敢相信自己的眼睛。墙纸还是白色和金色条纹相间，一丁点儿污渍也没有。

妈看到了阿曼乐，招呼说：“过来吧，阿曼乐。”

阿曼乐走进客厅，笔直地坐在马鬃椅子上，用脚尖顶着地板，以免不小心滑下去。爸妈正在给客人们讲述这几天去安德鲁叔叔家度假的事。墙上确实一点儿脏的痕迹都没有。

“你们把孩子们独自留在家里，不担心吗？”韦伯太太问道。

“没什么可担心的。”妈骄傲地说，“我知道孩子们能够打理得井井有条，就像我们在家时一样。”

阿曼乐出于礼貌，没有随便插话。

第二天，趁没人注意，阿曼乐偷偷跑进客厅，仔细地查看那块之前被弄脏的壁纸。壁纸被修补过，新贴上去的壁纸是从一卷铂金纸上小心地剪下来的，花纹恰好跟原来的壁纸一模一样，拼接的边缘被刮得很薄，阿曼乐差点儿没辨别出来。

等到跟伊丽莎单独在一起时，阿曼乐问：“伊丽莎，那块壁纸是你修补的吗？”

“是的。”她说，“我从阁楼里找到了剩下来的一卷壁纸，然后剪了一小块贴上去。”

阿曼乐的声音有些沙哑：“对不起，伊丽莎，我不该扔刷子打你。但是说真的，我当时真没想打你。”

“我想我脾气太急躁了，”伊丽莎说，“但我不是故意的，我只有你这么一个小弟弟。”

直到这时，阿曼乐才发现，自己是多么喜欢伊丽莎。

他们以后永远都不会提起客厅壁纸的事，妈也不会知道。

第十九章
最早的丰收

现在，到了收割牧草的时节。爸把大镰刀找了出来，阿曼乐用一只手旋转磨刀石，另一只手往磨石上洒水。爸把大镰刀的刀刃对准了磨石。水能防止刀片磨得过热，这样才能把刀刃磨得又薄又锋利。

磨好镰刀，阿曼乐穿过森林来到了那两个法国人居住的小屋里，请他们第二天早上来干活儿。

第二天，草叶上的露水刚被太阳晒干，爸就和乔伊叔叔、约翰叔叔开始收割牧草了。他们并排向前走，在高高的草堆里挥舞镰刀，紫红色的干草就一行行地倒了下来。阿曼乐、皮埃尔和路易斯跟在他们的身后，用干草叉把牧草摊开，放到太阳下晾晒。光着脚踩在上面，感觉松软凉快。小鸟在草丛里飞向高空，偶尔会有一只野兔突然蹦出来，空中传来野云雀的婉转啼鸣。

阳光变得越来越烤人了。干草散发出来的草香味越发浓烈了，热浪从地面一阵阵袭来。阿曼乐的胳膊被晒得黝黑，额头上的汗珠不停地滴落下来。大家停下来，把一些青草叶插在帽檐里。只一会儿，青草叶就让他们头顶感觉凉爽多了。

到了正午时分，妈吹响了吃饭的号角。阿曼乐知道牛角声的意思，他把干草叉竖直插在地里，穿过牧场，蹦蹦跳跳地跑回了家。妈正提着满满一桶蛋奶酒，在台阶上等他。

蛋奶酒是妈用牛奶、奶油、糖和蛋做的，表面漂浮着一层泡沫，泡沫里能够看到细碎的冰碴。桶的外周起了一层薄薄的水雾。

阿曼乐费劲地提着沉重的桶和一把长柄勺，慢慢向草场走去。这桶酒装得太满了，蛋奶酒很容易溅出来。妈说浪费是一种罪过，所以他得想办法防止酒洒出来。于是，他把桶轻轻地放在地上，用长柄勺盛出满满一勺蛋奶酒喝了下去。冰凉的蛋奶酒穿过他的喉咙，他感到舒服极了。

当他提着桶到达干草地的时候，大家都把手里的活儿停了下来，聚在树荫下歇息。他们把帽子推到脑后，轮流用长柄勺舀着凉爽的蛋奶酒喝，直到喝光为止。阿曼乐喝得饱饱的。约翰叔叔抹了下胡子上的泡沫，说："啊哈！喝完了冰凉的蛋奶酒，感觉精神多了！"

大伙又磨了磨镰刀，磨刀石在钢刃上面欢快地旋转着。之后，他们又高兴地回去干活儿了。爸向来主张应该在工作的间隙适当休息一会儿，多喝些蛋奶酒，那样的话，一整天的工作效率才会更高。

大家一直在干草地里干活儿，直到天色渐晚，什么也看不见了。然后，他们点着蜡烛照料家畜。

第二天早晨，干草已经晒干了。男孩们用爸做的木耙将干草耙成一堆一堆的。乔伊叔叔和约翰叔叔又开始割牧草了，皮埃尔和路易斯跟在后面把牧草摊开。阿曼乐跑到干草架上干活儿去了。

爸把干草架从仓库里推出来，罗雷和爸一起把干草扔到架子上，而阿曼乐负责用脚把干草踩结实。

他在散发着香气的干草上来来回回地跑，完全赶得上罗雷和爸向上扔草的速度。

干草架上再也放不下干草了，阿曼乐站在高高的草堆上，感觉像站在半空中一样。爸将干草运往大牲口棚，阿曼乐高兴地趴在草堆上面，使劲儿地压。堆得满满的干草架刚好挤过牲口棚的大门下面，阿曼乐费了好大的劲儿，才滑到地面上。

爸和罗雷把干草卸到干草棚，阿曼乐则拿起水壶去井边打水。他使劲儿地压着水泵，冰凉的水突然冒了出来，他捧着喝了几口。之后，阿曼乐把水壶里装满了井水，给爸和罗雷送去，等他们喝完了，他再把水壶装满，然后爬上空空的干草架，等着继续踩干草。

阿曼乐非常喜欢收割干草的季节，因为他可以从天一亮一直忙到太阳落山。他觉得干活儿就跟玩耍一样有趣，而且每天的上午和下午都能喝到冰爽的蛋奶酒。割草的活儿做了三个星期，牧草全都割干净了，所有的干草棚也都被装得满满的了。接下来，就到了最繁忙的收获时节了！

燕麦已经成熟了，金色的麦田里麦浪翻滚。成熟的小麦正在等着人们收割，小麦比燕麦的颜色还要深一些。大豆全都成熟了，南瓜、胡萝卜和土豆也都可以收割了。

现在，谁都别想偷懒或者玩耍，晚上都在点灯干活儿。妈和女孩们忙着腌黄瓜、青西红柿和西瓜皮，晾晒干玉米和苹果，做蜜饯。

所有的东西都要好好地储存起来，一样都不能浪费，甚至苹果核都要收集起来做醋。门廊后面的木桶里泡着燕麦秆，妈一有时间就会编上五六厘米长，准备做明年的草帽。

收割燕麦不能用割草的那种大镰刀，而要使用配架镰刀。配架镰刀的刀刃跟大镰刀非常像，不过它另外有长木齿，可以扶住被割下的燕麦，不让它倒下。当割得足够捆成一捆时，乔伊叔叔和约翰叔叔就会让它们滑下来堆得整整齐齐，爸带着罗雷和阿曼乐跟在他们身后，负责把燕麦捆扎成捆。

这是阿曼乐第一次捆燕麦，爸就教他怎么捆——先把两把麦秆搓成一条长绳，然后抱起一捆燕麦，一束麦秆绕在当中捆紧，再将麦秆束的两头扭在一起，最后将绳子头塞进麦捆里。

没过一会儿，阿曼乐就独自捆好了一捆漂亮的燕麦，但还不能像爸一样捆得那么快。爸和罗雷捆燕麦的速度跟割燕麦的人速度一样快。

太阳快要落山了，大家停止了割燕麦，所有人一起把已经捆好的燕麦立起来。天黑前必须把所有的燕麦捆堆成堆竖立起来，否则晚上被露水淋了，麦子就会受潮发霉的。

阿曼乐竖燕麦堆的速度和别人一样快。他把十捆立起来，麦穗朝上紧紧挨在一起，然后在上面再盖上两捆，这样麦捆垛就有“屋顶”了。燕麦堆看起来就像印第安人的小房子，零零散散地遍布在麦田里。

金灿灿的小麦正等着人们去收割，时间很紧迫，丝毫不能耽误。燕麦堆好后，大家就忙着去小麦田里收割、捆扎、码放。收割小麦要比收割燕麦更费力气，因为小麦的重量比燕麦沉很多，但是阿曼乐尽全力做到了最好。收完了小麦，就该去收割混种了燕麦和菜豆的那块地了。燕麦杆上绕着菜豆藤，使麦秆没法竖在一起。所以，阿曼乐得把它们耙成一行一行的，这样就可以扯菜豆藤了。艾丽丝也来帮忙了。爸把豆藤架插入地里，竖立放好，然后用大锤子把它牢牢钉在地上。

他们在豆藤架子周围用石头加固，以免豆藤倒地。然后，他们抓住豆藤，连根拔起，直到手里拿不下为止。接着，他们把豆藤搬到架子边上，根须挂在架子上，长长的藤蔓部分向外摊开，放在石头上。每个木桩的周围都缠满了豆藤，由于藤蔓的根部粗大一些，因此豆架的中间变得越来越高，互相缠绕的藤蔓沿着四周垂下来，上面挂满了低垂着的豆荚，一碰就哗哗响。

等豆根堆到架子顶端时，阿曼乐和艾丽丝就将顶上的豆藤摊开，做成了一个小屋顶用来遮雨。这样一个豆架就搭好了，他们接着做下一个。豆架和阿曼乐一般高，从豆架上垂下的豆蔓看起来就像艾丽丝穿的圆篷裙。

一天，阿曼乐和艾丽丝回家去吃午餐时，看到收购黄油的商人来到了家里。他穿着时尚，戴着一块有链子的金表，驾着华丽的马车。大家都很喜欢他，有他在，午餐时间就会变得很有趣，他从纽约带来了有关政治、流行趋势和物价等各种消息。

吃完午餐，阿曼乐又回到田地里继续干活儿了，艾丽丝留下来看妈卖黄油。

妈把黄油商人带进地窖，那里摆放着一桶桶黄油，桶外面罩着干净的白布。妈掀开白布，黄油商人把一根测试的钢探针插进去，一直插到桶底。

这根钢针是空心的，侧面有一道开口。当钢针被拔出来的时候，可以在开口处看到黄油样品。

妈根本不用自我推销，她自信地说："我做的黄油，随便你怎么检查。"

从所有的黄油桶里抽出来的样品没有一个次品。妈的每桶黄油都是成色上等的金黄色黄油，并且都坚实而香甜。

阿曼乐看到黄油商人的马离开，艾丽丝拿着草帽，蹦蹦跳跳地来到豆田里。她大声说："你肯定猜不出来他刚才说了什么！"

"说了什么？"阿曼乐问。

“他说妈做的黄油是极品！你知道他付给妈多少钱吗？天啊！一磅[①]黄油五角钱！”

阿曼乐惊叫了一声，他从来听没说过黄油居然可以卖这么多钱！

艾丽丝兴奋地说：“妈一共卖了五百磅黄油！所以，她得到了二百五十块钱！现在，妈正在准备马车，她要进城去把那些钱存进银行。”

不一会儿，妈身穿黑色的细斜纹裙，头戴她那顶稍差一点儿的遮阳帽，赶着马车出发了。妈在收获日的工作时间独自一人进城去，这是从来都没有发生过的事。可田地里的活儿离不开爸，而妈又不想把那么多钱放在家里。

阿曼乐感到无比骄傲，他觉得妈可能是全纽约州最厉害的黄油制造者了。他相信纽约市的人们品尝到妈做的黄油，一定会交口称赞，没准还会到处打听这么美味的黄油到底是谁做的呢！

① 1磅=0.4536千克。

第二十章
最后的收获

一轮圆月挂在夜空，皎洁的月光照在田野上，空气中渐渐有了秋天的凉意。玉米都已收割运回家了，月光照射在玉米垛上，大南瓜躺在枯萎的瓜叶上，身后是长长的黑影。

阿曼乐用牛奶培养出来的南瓜非常大。他用刀小心地割断瓜蔓，但是他抱不动这个超级大南瓜，甚至连滚都滚不动。爸把它运进牲口棚，放在干草堆上面，留着以后参加城里的农产品博览会。

阿曼乐把其他南瓜放在一起，爸用马车把它们拉回仓库。其中最好的南瓜会被放进地窖里，以后用来做南瓜馅饼；剩下的南瓜堆放到南牲口棚的空地上。每天晚上，阿曼乐都要用砍刀切几块南瓜，喂奶牛、小牛和公牛。

苹果也成熟了。阿曼乐、罗雷和爸把梯子架在树上，爬到茂密的苹果树枝上，小心地把每一个好的苹果摘下来放在篮子里。爸再将一篮篮苹果用马车慢慢运回家。

到了家，阿曼乐先把篮子提进地窖，然后把苹果放进苹果贮藏箱里。他们特别细心，以确保每个苹果都完好无损。因为被碰伤的苹果不但很容易腐烂，还会弄坏一整箱苹果。

地窖里散发出苹果的香气和腌制食物的味道。妈把牛奶锅搬到了楼上的食物储藏室里，一直要放到明年春天。

把优质的苹果摘完以后，阿曼乐就可以和罗雷一起摇苹果树了，这是件很有趣的事情。他们用尽全力摇晃苹果树，树上的苹果就会像冰雹一样噼里啪啦地落下来。他们把苹果捡起来，扔进马车里，这些苹果只能用来榨苹果汁喝。阿曼乐想吃的时候，也会随手捡一个咬上一口。

菜园里的蔬菜也应该采摘了。爸把那些不好的苹果送到榨汁的厂子里，而阿曼乐就待在家里把菜园里的甜菜、芜菁和欧洲萝卜都拔出来，然后搬进地窖里。他把洋葱拔出来，艾丽丝就负责把洋葱的干叶茎编织在一起，之后，妈会把编成长绳的洋葱挂到阁楼上。接着，阿曼乐摘下红辣椒，艾丽丝则用针线将它们穿起来，就

像穿珠子一样，然后挂在洋葱旁边。

晚上，爸拉回来了两大桶苹果汁，把木桶滚进了地窖。这两大桶果汁，足足可以喝到明年收苹果的时候了。

第二天一早，乌云压顶，凉风阵阵，天色灰暗。看样子，一场暴风雨就要来了。爸有些发愁，地里的胡萝卜和土豆都还没有收回来呢！

阿曼乐穿好袜子和鹿皮鞋，戴上帽子和手套，穿上外套。艾丽丝披上披风，围上围巾，她也要去帮忙。

爸给贝斯和美美套好了犁，在胡萝卜地两边开始犁地。这样犁完了以后，胡萝卜就只埋在很浅的土里面，很容易拔起来。阿曼乐和艾丽丝飞快地把一根根胡萝卜拔出来，罗雷把上面的胡萝卜叶切掉，再把胡萝卜扔进马车里。爸把胡萝卜运回家，铲进一道斜槽，胡萝卜就从斜槽滑进地窖里的胡萝卜储藏箱里了。

阿曼乐和艾丽丝种下的红色小种子，如今已经长成了两百蒲式耳的胡萝卜了。妈随时都可以拿来烹调，而且足够牛和马整个冬天吃的。

挖土豆时，爸请来了约翰叔叔。爸和约翰叔叔用锄头先把土豆挖出来，艾丽丝和阿曼乐就把它们捡进篮子，倒进车里。罗雷驾来一辆空车停在田边，然后把装满土豆的车拉回家，用铲子将土豆送进地窖的斜槽，让它们滚进土豆储藏箱里。他一离开，阿曼乐和艾丽丝就赶紧把留下的空车装满。

大家一直紧张地抢收土豆，连吃午餐的时间都没有。太阳开始落山了，他们还在忙着，一直到天黑了，他们才不得不停下来。在大地霜冻之前，必须把土豆全都挖出来，放进地窖，否则，他们这一年就白忙活儿了，爸就不得不再花钱去买土豆。

“今年的气候真糟糕，我从来没遇到过。”爸说。

第二天一大早，太阳还没出来，他们就开始辛苦工作了。这一天都没有看到太阳，厚重的云层低低地压在头顶上。地面上异常冰冷，连土豆也是冷冰冰的。刺骨的寒风一个劲儿地往阿曼乐的脖子里钻。阿曼乐和艾丽丝都觉得非常累，虽然他们也想加速干活儿，但是冻僵的手指根本就不听使唤，连土豆都抓不住了。艾丽丝说：“我的鼻子已经冻得没感觉了，为什么我们只有护耳罩，却没有护鼻罩呢？”

阿曼乐告诉爸说他们太冷了。爸说：“孩子们，动作快一些，动起来就不会感觉冷了。”

阿曼乐和艾丽丝试着加快速度，可是天气太冷了，根本没法快起来。当爸再次挖土豆经过他们身边时，对他们说：“要不你们就烧点儿土豆秧暖和一下吧！”

阿曼乐跟艾丽丝搬来一堆干枯的土豆秧，然后用爸给的火柴点燃了。小火苗沿着土豆秧慢慢地燃烧起来，很快变成了熊熊大火，脚下的土地都暖和些了。

很长一段时间里，他们都在忙碌地工作。每当阿曼乐感觉有点儿冷，就跑到火堆旁添一些土豆秧。艾丽丝也把沾满泥巴的小手靠近火堆取暖，火光把她的面颊照得红彤彤的。

“我饿了。”阿曼乐说。

“我也是，是不是该吃午餐了？”艾丽丝说。

由于没有阳光，阿曼乐没办法根据地上的影子来推断时间。他们一刻不停地工作着，一直没有听见午饭的号角声。阿曼乐觉得都快饿得不行了，艾丽丝对他说：“等我们捡完这一排土豆，就应该能听到号角声了。”

可是，等他们捡完了一排土豆，还是没有传来号角声。阿曼乐觉得一定是号角坏了，于是他对爸说：“爸，我觉得我们应该吃午饭了。”

约翰叔叔笑了起来。爸说：“早着呢，上午的一半还没过完呢！”

阿曼乐只好继续回去工作，这时，爸叫住他：“阿曼乐，你可以往火堆里扔一个土豆烤着吃。”

阿曼乐在热热的灰堆里放了两个很大的土豆，他想自己吃一个，另一个给艾丽丝。他在土豆上面盖了厚厚的热灰，又加了些干秧子。阿曼乐知道应该去干活儿了，但他还是蹲在火堆边想把土豆烤熟了再走。他的心里很不安，但是他的身体被火烤得很舒服。他给自己找个理由说：“我应该待在这里烤土豆。”

他把艾丽丝一个人留在地里干活儿，心里有点儿内疚，不过他转念一想：“我在给她烤土豆呢！”

突然，他听到咝咝的喷气声，接着什么东西溅到了他的脸上，像火烧一样滚烫。阿曼乐捂着脸哇哇大叫，疼得难以忍受，眼睛也睁不开了。他听到了喊叫声和奔跑的脚步声。一双大手抓住他的小手，从脸上移开，爸扳着他的头朝后仰。约翰叔叔用法语不知道嚷着什么，艾丽丝哭着喊：“噢，爸！爸！”

“儿子，睁开眼睛试试。”爸说。阿曼乐努力想睁开眼睛，但是睁不开。爸用手指扒开受伤的眼皮，说：“幸好没有伤到眼睛。”

原来是埋在火堆里的一个土豆突然爆开了，灼热的土豆瓤溅在了阿曼乐的脸上。幸好他立刻闭上了眼睛，这才只烫伤了眼皮和脸颊。

爸掏出手绢给阿曼乐包住了眼睛，然后跟约翰叔叔又回去继续挖土豆了。

阿曼乐从来不知道原来烫伤这么疼。不过他告诉艾丽丝说，其实，土豆不是特别烫。他用一根小木棍把灰堆里的另一个土豆刨了出来。

“给，这个是你的土豆。”阿曼乐抽了抽鼻子，他不想哭，但泪水不停地流下来，顺着鼻子流个不停。

“不，这个是你的，我的那个刚才爆开了。”艾丽丝说。

“你怎么知道刚才的那个是你的呢？”阿曼乐问。

“这个给你吧！你受伤了。我不太饿，真的。”艾丽丝说。

“我知道你跟我一样饿！”阿曼乐很感动，“那咱们一人吃一半吧！”

土豆的外皮已经被烤得焦黑，但是里面却是雪白的，香气从土豆瓤里散发出来。他们等它稍稍凉了一点儿，就大口大口地吃了起来。他们从来都没觉得土豆有这么好吃，吃完后感觉舒服多了，就去继续干活儿了。

阿曼乐脸上被烫的地方起了水泡，眼睛肿得睁不开。中午吃饭的时候，妈帮他敷了点儿药膏，晚上又敷了一次，到了第二天，阿曼乐已经感觉好多了。

第三天晚上，天刚刚黑下来，阿曼乐和艾丽丝跟在最后一车土豆后面收工回家了。

天气越来越冷。到家以后，爸借着灯光把最后一车土豆铲进地窖。罗雷和阿曼乐把所有的杂活儿都干完了。

幸好他们今天抢收完了所有的土豆，因为就在这天夜里，地面开始上冻了。

“一切都刚刚好。”妈说。

“马上就要下雪了，”爸说，“我们还得抓紧时间把豆子和玉米运回来。”

爸把干草架放在车上，罗雷和阿曼乐一起帮他拉豆子。他们一起拉出豆子的架子，并将架子放在马车上。他们小心谨慎地工作着，因为一用力，豆子就会从干豆荚里蹦出来，这样就太浪费了。

他们把所有的豆子都堆放在南牲口棚的地板上，接着就开始往回拉玉米了。今年的庄稼收成太好了，爸的大牲口棚里都已经堆满了，还有几车玉米没有地方安置，只好放在空地上。爸用一道篱笆把玉米围了起来，这样可以防止小牛偷吃。

现在，所有的庄稼都收回来啦！地窖、牲口棚和阁楼里都堆得满满的，各种各样的食物和饲料全部贮藏好了。

大家都可以休息一段时间了，去集市上好好玩一玩。

第二十一章

农产品博览会

在一个结了霜的清晨，阿曼乐一家坐上马车出发去集市了。

所有人都穿着去做礼拜时才穿的漂亮礼服，而妈只是穿着平时的衣服，还系了一条围裙，因为今天她得去教堂帮忙做午餐。

马车后座的下面放着伊丽莎和艾丽丝在集市上准备展出的果冻、腌菜和果酱，艾丽丝还带上了她的刺绣作品。

阿曼乐用牛奶种大的南瓜在前一天就已经放到会场了。因为那个南瓜实在太大了，必须用马车单独拉到会场才行。阿乐曼将南瓜擦得锃亮，爸把它搬上马车，放在柔软的干草堆上。他和爸一起将南瓜运到了集市举办地，交给了派多克先生。

这天早上，大路上人潮涌动，路上随处可见赶去参加盛会的人们，马龙镇上的人比独立纪念日还要多。会场周围停满了马车，美国国旗四处飞扬，乐队演奏着欢快的曲子。

妈、罗雷和女孩们在会场门口先下了车，阿曼乐跟着爸把马车安顿在车棚里，然后帮着把马具卸下来。车棚里满满的，连走路的地方都非常窄。大家都穿着体面的衣服向会场里走去。马车在大街上飞驰而过，卷起阵阵尘土。

“儿子，我们先去哪儿好呢？”爸问阿曼乐。

“爸，我想去看马。”阿曼乐说。于是父子俩先去看马。

这时候太阳已经升起来了，天气晴朗，温暖舒适。热闹的人潮中不时传来嘈杂的叫嚷声和嬉笑声，乐队已经开始演奏了。

马车来来往往，一些人停下来和爸打招呼，到处都是乱跑的小男孩。弗兰克和其他几个镇上的孩子从身边走了过去，阿曼乐看到路易斯和韦伯也跟他们在一起。但阿曼乐没有跟他们打招呼，紧跟着爸走了。

他们悠闲地穿过大看台的后面，又经过教堂边低矮的建筑物，那里并非教堂，而是教堂的厨房和餐厅，里面的人正在为前来参加集市的人们准备午饭，可以听到锅碗瓢盆嘈杂的响声，还有女人们叽叽喳喳的说话声。妈、艾丽丝和伊丽莎也在里面。

走过这排建筑，是一排排小摊和一座座帐篷，都用色彩缤纷的旗子和五颜六色的图片装饰着。许多人在卖力地叫卖：“快来看，快来看！这么好的东西只需要一角钱！一块钱能买十个啦！”

“橘子，甜橘子！来自佛罗里达的甜橘子！”

“包治百病！人畜都能治啦！”

“百分之百中奖！百分之百中奖！”

“来啊！机会不容错过啊！赶紧试把手气吧！别挤，往后退！”

有一个摊位上插满了黑白条纹的手杖，如果你扔一个圈套住了一根手杖，那手杖就归你了。有的摊位上摆满了一堆堆橘子，一盘盘姜饼，一罐罐粉色的柠檬汁。还有一个男人身穿燕尾服，戴着高高的礼帽，他把一粒豆子放在贝壳下面，然后让人猜豆子在三只贝壳中的哪一只底下。要是有谁猜对了，谁就能赢到钱。

“我能猜中，爸。”阿曼乐说。

“你确定吗？”爸问。

“是的，就在那只贝壳底下。”阿曼乐自信地说。

可就在这时，有个人从人群外面挤进来。桌子上有三只贝壳，他将钞票放在阿曼乐指的那只贝壳前。

戴礼帽的先生掀开那只贝壳，可里面根本就没有豆子。于是，这张五元的钞票马上就被他收进了口袋。他从另一只贝壳下面取出豆子，让大家仔细看清楚，然后又放到一只贝壳下面。

阿曼乐弄不清这到底是怎么回事，因为他清楚地看到豆子被放在那只贝壳下面了，怎么会没有呢？他问爸那个人是怎么变的。

“孩子，我也不知道。”爸说，“但是我猜，这一定是他耍的小把戏。永远不要把自己的钱押在别人的赌局上。”

接着，他们去了牲口棚。刚才这里还熙熙攘攘的，地面被人们踩得满是厚厚的尘土，但是现在这里很安静。

阿曼乐和爸看着那些栗色和棕色的摩根马，久久不愿离开。这些马胸膛健壮，四肢笔直细长，马蹄精致小巧。它们把脑袋高高地昂起，眼神柔顺，眼眸发亮。阿曼乐认真地观察了每一匹马，觉得没有哪一匹能比得上去年秋天被爸卖掉的那两匹马。

接着，阿曼乐又跟着爸去看了英国纯种马。这些马体形修长，脖子比较细，臀部有些瘦。它们神情有些紧张，两只耳朵不时地抖动，并且还非常不友好地瞪着人们。看起来它们应该会比摩根马跑得快，但不会太稳。

再往前走有三匹带斑点的灰色大马。它们臀部浑圆结实，脖子粗壮，四肢健壮有力，浓密的长毛覆盖在大大的马蹄上。它们脑袋都很大，但目光却十分温顺。阿曼乐从来没有见过这种马。

爸说，这种马是比利时马，来自一个叫比利时的国家。比利时和法国挨着。法国人把这些马用船运到加拿大，再运到美国。爸非常喜欢这种马，他说："你看看它们结实的肌肉，它们能拉动一个牲口棚！"

"拉动牲口棚有什么用啊？我们的摩根马既能拉动马车也能拉动货车，而且跑起来相当快！"阿曼乐说。

"没错！儿子，你说得有道理。"爸遗憾地看了看这些马，摇了摇头，"要让它们长出那身结实的肌肉，得浪费掉多少饲料啊，根本没有用，你是对的！"

阿曼乐心里非常高兴，因为他和爸谈论有关马的事情时，总会觉得自己一下子长大了许多。

在比利时马前面的展场上，有一大群人正围着一个摊位，连爸也看不到里面是什么。阿曼乐离开爸，弯下腰从大人的腿缝中挤了进去，一直挤到了最前面。

里面有两只黑黢黢的动物。阿曼乐从来没见过这种动物，它们长得有些像马，但又不是马，尾巴很奇怪，光秃秃的，只在尾巴尖儿上有一小撮毛。又短又硬的鬃毛直直地竖立着。在神情严肃的长脸上，竖立着一对跟兔子差不多的长耳朵。阿曼乐好奇地看着它们，这时，其中的一个怪家伙把头转向阿曼乐，并伸长了脖子。它的鼻子都快凑到阿曼乐睁得大大的眼睛上了！它皱起了鼻子，翻动着嘴唇，露出了一口黄牙。阿曼乐吓得不敢动。突然那家伙张大了嘴巴，发出了尖厉的怪叫声："哦——啊——哦——啊——哦——"

阿曼乐吓得尖叫起来，慌忙转身跑到了爸身边。周围一片笑声，但爸并没有笑。

"这是一匹杂种马。你是第一次见到骡子，所以感到害怕，有好多人见了它都害怕呢！"爸冲着周围的人大声说。

到了看小马的时候，阿曼乐才放松下来。这些小马只有两岁大，有些还待在母马身边。阿曼乐盯着小马看了很久，犹豫着对爸说："爸，我……我想……"

"儿子，你想说什么？"爸问。

"爸，我觉得这些小马都比不上星光，明年可不可以把星光带到这里来？"

"嗯，到了明年再说吧。"

之后，他们又去看了牛。有黄褐色的根西牛和泽西种乳牛，它们来自根西岛和泽西岛，是离法国比较近的地方。他们还看了来自英国的、有着红色光泽皮毛的德文牛以及灰色的达勒姆短角牛。紧接着，他们又看了小公牛和一岁大的小牛。其中有些比星星和亮亮还要漂亮。他们还看了结实强壮的公牛。阿曼乐一直在想，要是爸同意把星光带来参展，它肯定是全场的明星。

他们看了切斯特大白猪，还有皮毛顺滑的黑色巴克夏猪。阿曼乐的小猪露西就是一头切斯特白猪。他想以后一定要养一头巴克夏猪。

集市上还有美利奴绵羊，这种绵羊虽然浑身有着皱皱的皮，但身上长着的短毛却是上等的好羊毛。他们还看了个头比较大的科茨沃德绵羊，羊毛较长，不过有些粗糙。爸对自己养的美利奴绵羊十分满意，他宁愿饲养毛少些但质量好些的羊，因为妈要用这些羊毛做衣服。

阿曼乐还没来得及去看自己的大南瓜，就到了吃午餐的时间。阿曼乐的肚子开始抗议了。于是，爸带着他先去吃午餐。

这时候，教堂餐厅里的人已经挤得满满的，长长的餐桌四周所有的座位都有人了。伊丽莎、艾丽丝和其他女孩子正忙碌地端菜，美妙的香味让阿曼乐馋得直流口水。

爸走进厨房，阿曼乐也跟着进去。厨房里全是女人，她们正忙着切牛肉、火腿、烧鸡和把蔬菜摆进盘子里。妈打开了烤箱的门，从里面端出烤好的火鸡和烤鸭。

靠墙的地方有三个大木桶，炉灶上烧开水的大锅里插有三根铁管，分别通到这些木桶中，木桶的每一道缝隙都冒出一股股蒸气。爸打开其中一个木桶的盖子，一股热气扑面而来。阿曼乐伸过头去看了看，里面装满了干净的土豆。土豆洁净的褐色外皮一遇上空气就破裂收缩了，露出里面细腻的土豆肉。

厨房里摆着各式各样的点心。阿曼乐已经饿得发慌，真想把这些食物全吃光。可惜现在他什么都不能动。

爸和阿曼乐终于在餐厅的长桌边找到了座位。大家一边吃东西一边聊天，阿曼乐只管低头狼吞虎咽地吃着东西。他先吃了火腿、鸡肉、火鸡肉、肉丸和蔓越莓果冻，然后吃了浇着肉汁的土豆、杂烩豆子、烤豌豆、洋葱煮豆子、甜酱菜、果酱和果脯。接着他舒了一口气，吃起美味可口的派。

当他开始吃派的时候，真希望肚子里是空的，因为那些派实在是太好吃啦！他吃了一块南瓜派饼、一块蛋奶油派和一小块葡萄酒味道的派，其实他还想再尝尝鲜肉派，但他的肚子已经撑得圆鼓鼓的了。他看着桌子上的草莓派、奶油派和葡萄干派，觉得非常可惜，因为他一口都吃不下了。

吃过午餐，阿曼乐跟着爸坐在大看台上休息。一群健硕的骏马从面前一闪而过，它们正在为比赛做热身运动。马车驶过，阳光下扬起一阵阵灰尘。罗雷和一群大孩子一起走到赛道边，看大人们赌马。

“如果你感兴趣，也可以去赌马，就当花钱买个高兴。”爸说，“不过我更愿意把钱用在更有价值的东西上。”

陆续有人来到看台上，连最后一排都坐满了人。赛场上，马车排成一排，拉车的马昂着头，用蹄子不停地刨着地面，焦急地等待着比赛开始。阿曼乐这时候已经兴奋得坐不住了，他选中了一匹栗色的纯种马，觉得它一定能赢。

随着发令员的一声口令，所有的马都冲了出去，看台上的人们也都在高声呐喊着。但是突然间，大家全都安静了下来，被眼前发生的一幕惊呆了！

一个印第安人冲进了赛场，他跟在所有的马后面，飞快地奔跑。天啊，他跑得跟马一样快！

看台上的人们又开始骚动起来：“他追不上的！”

“他一定能赢，我赌两美金！”

“快快快！枣红马！枣红马！”

“我赌三美金，印第安人肯定赢！”

“看那匹栗色的马！”

“快看，那个印第安人！”

跑道上尘土飞扬，所有的马都在飞奔，马蹄飞离了地面。看台上的人都激动得站了起来。阿曼乐也大喊着。在赛道的尽头，所有马都在冲刺。

马从看台前一闪而过，那个印第安人跑到边上的时候，突然来了一个空翻，然后稳稳地落在地上，还举起了右手，向看台上的观众打招呼。

观众们立刻回报热烈的掌声，大家兴奋地跺脚，连看台都震动了。爸大声地喊着："加油！加油！"

印第安人只用了两分四十秒就跑完了赛道，跟获胜的马跑得一样快！他一边悠闲地跟观众们挥手致意，一边跑出了赛场。

最后，枣红马赢了。

接着还有很多场比赛，已经快三点了，他们得动身回家了。在回家的路上，大家七嘴八舌地讲述着这一天的见闻，非常热闹。罗雷玩扔圆环游戏得到了奖品——一根黑白条纹的手杖。艾丽丝用五分钱买了一根带条纹的薄荷糖，她把薄荷糖掰成两半，分给阿曼乐一半。

回到家以后天色还早，不过大家只做了点儿家务，就匆匆上床睡觉了，这还真让人不习惯。

第二天一早，全家人又坐上马车出发去了集市。

到了会场，阿曼乐跟着爸快速地走过牲口棚，来到了蔬菜谷物展区。阿曼乐一眼就看到了南瓜区，在灰绿色的农产品中间，每个南瓜都黄澄澄、亮闪闪的。阿曼乐的南瓜也在其中，是最大的。

"别以为大就一定能赢，关键还要看品质。"爸对阿曼乐说。

阿曼乐尽量让自己不去想获奖的事，但是在跟着爸离开蔬菜展区时，他还是忍不住回头看了看自己的南瓜。爸带着阿曼乐去看了品质优良的土豆、甜菜、芜菁和洋葱。阿曼乐还用手摸了摸颗粒饱满的小麦麦粒、有沟纹的白燕麦、加拿大豌豆、蚕豆和花豆。他们还参观了玉米，还有红、白、黑三种颜色混合的玉米。爸指给他看最好的玉米棒，玉米粒长得十分饱满，甚至连玉米芯的头都给盖住了。

大家慢慢地欣赏着这些产品。在南瓜展位，总是围着很多人。阿曼乐真想告诉大家，那个最大的南瓜是他种的。

吃完午餐，阿曼乐赶紧回去看评审过程，现在围观的人更多了。为了看看评审员在做什么，他从爸身边跑开了，钻到人群最前面去看个清楚。评委们的外套上都佩戴着徽章，他们说话的声音很低，阿曼乐根本听不清。

评委的桌子前面挤满了人，仔细地瞧着，还把小麦和燕麦扔进嘴里尝尝味道。他们剥开豌豆和大豆荚，从每根玉米上剥掉几颗玉米粒，以确定玉米粒有多长。他们用刀把洋葱切成两半，把土豆切成片，对着光线仔细观察。土豆最好的部分紧贴着外皮，如果你拿着一片很薄的土豆片对着光线看，就能看出土豆最好的部分有多厚。

围观的人群越来越多了，但是大家都非常安静。最后，那个高个的评委站起来，从口袋里掏出一条红色丝带和一条蓝色丝带。获得一等奖的会得到蓝色的丝带，获得二等奖的会获得红色的丝带。当他把丝带放在获奖的农作物上时，人们都如释重负地长舒了一口气。

接着，人们就开始议论纷纷。阿曼乐注意到，那些没有获奖的和获得二等奖的，都去向获得一等奖的人祝贺。如果阿曼乐的南瓜没有获奖，那他也得这样去做。虽然他的内心一点儿都不情愿，但是他必须这样做。

终于轮到评审南瓜了。虽然阿曼乐尽力装出满不在乎的样子，但其实他早就紧张得浑身发热了。

派多克先生拿来了一把长长的尖刀。那位身材高大的评委拿起尖刀，使出浑身力气扎进一个南瓜里。他握着刀柄，艰难地切下了厚厚的一片。然后，他把南瓜举得高高的，所有评委都上前来仔细看着那片厚厚的黄南瓜。随后，他们查看了南瓜硬皮的厚度和装着南瓜子的瓤。最后，他们切下几小片，尝了尝味道。

接着，大个子评委又切了另一个南瓜。他从最小的南瓜开始一个个切着。围观的人群把阿曼乐挤得都快透不过气来了，他不得不张大嘴巴才能呼吸。

最后，评委切开阿曼乐的大南瓜，阿曼乐紧张得都要晕过去了。阿曼乐的南瓜有一个很大的瓜子洞，这是因为他的南瓜特别大，里面有很多南瓜子，南瓜瓤的颜色也比其他南瓜要白一点儿。阿曼乐不知道这些会有什么影响。评委们尝了尝南瓜的味道，但阿曼乐没法从他们的表情上推断出南瓜的口味到底怎么样。

几个评委围在一起商量了半天，阿曼乐一点儿都听不到他们在说什么。只见那个瘦高个评委摇了摇头，捋着他的胡须。他分别从最黄的南瓜和阿曼乐的南瓜上又切下薄薄的一片，尝了尝。他把这两片递给胖胖的评委，让他也尝尝。不知道胖子评委说了些什么，他们都会心地笑了。

派多克先生从桌子那头探出身子说道："下午好，怀德！你跟孩子们来看博览会啦！阿曼乐，玩得开心吗？"

阿曼乐几乎说不出话来，好不容易才挤出一句："非常好，先生。"

这时，瘦高个的评委从口袋里拿出了红色和蓝色的丝带。胖胖的评委拽了一下他的袖子，三个人又围在一起小声地商量起来。

最后，瘦高的评委慢慢转过身，从衣领上取下一根别针别在蓝色丝带上。他离阿曼乐的大南瓜还有段距离，他拿着丝带在另一个南瓜上方晃了晃，接着他弯下身子，慢慢地伸长手臂，把别针插在了阿曼乐的南瓜上！

爸高兴地拍了拍阿曼乐的肩膀，阿曼乐长长地舒了一口气，他激动得浑身颤抖。派多克先生走过来跟阿曼乐握手道贺，所有的评委都在微笑。很多人叫了起来：“天啊，怀德先生，原来获得第一名的是您的儿子啊！”

“阿曼乐，我从来没见过这么大的南瓜。”韦伯先生说。

“是啊，我也从来都没见过这么大的南瓜，阿曼乐，告诉大家，你是怎么把它养得这么大的？”派多克先生说。

阿曼乐突然觉得四周的东西都变大了，什么声音都听不到了！他有些害怕。他以前从来没想过这个严肃的问题，用牛奶种出来的南瓜获得一等奖，对于其他参赛选手来说，也许是不公平的，这个奖项应该颁发给用普通方法种出的南瓜。但如果现在自己说实话，评委们会不会认为他是在欺骗他们呢？那他的第一名也许就没有了。

他呆呆地看着爸，可是爸脸色平静，并没有示意他应该怎么做。

“嗯……我……只不过就是一直在给它除草，然后……”阿曼乐这样说着，但他马上意识到自己在说谎，爸也听到了他在撒谎。于是，他终于鼓起勇气抬起头，看着派多克先生说：“其实，我是用牛奶把它养大的。这样是不是就不可以获奖了？”

“当然可以。”派多克先生说。

爸大笑起来：“派多克，我们从不在生意上耍小诡计，但是种庄稼就像制造马车一样，都有一定的小秘诀！”

阿曼乐突然感到自己刚才真笨啊！爸对种南瓜太了解了，如果这样算违规，他是不会让自己这么做的！

接着，阿曼乐跟着爸继续逛，他们又去看了看那些小马。获得第一名的小马和星光是没法比的。然后，他们又看了赛跑、跳高和投掷比赛。马龙镇里的孩子也都参加比赛了，不过取胜的几乎都是乡下男孩。阿曼乐一直沉浸在南瓜获胜的喜悦中，别提有多高兴了！

那天回家的路上，全家人都兴致勃勃地谈论着一天的经历。艾丽丝的刺绣赢得了第一名，伊丽莎的果酱赢得了红色的丝带，而艾丽丝的果酱获得了蓝色丝带。爸高兴地说："这一天，怀德家的人可真风光！"

集市还会举行一天，不过阿曼乐觉得不再有趣了，他已经玩够了。对于庄稼人来说，三天的集市时间太长了。继续穿戴得整整齐齐的、撇下农庄到镇里去玩耍，似乎并不太好。这时他感到有些不踏实，就像上次弄脏客厅墙壁那种感觉。等博览会结束了，阿曼乐真高兴一切又可以恢复如常了。

第二十二章

秋天到了

吃早餐的时候，爸说：“刮北风了，云彩也越积越厚。我们得赶在下雪前把山毛榉收回来。”

山毛榉树长在树林里，走大路的话要走上两英里，如果从田地穿过去，只要半英里。韦伯先生是个好邻居，他让爸驾车穿过他的田地去林场。

阿曼乐和罗雷穿上厚厚的外套，戴好了帽子。艾丽丝也围好了披风，戴上了兜帽。大家坐上马车，跟爸一起去收山毛榉。

他们驾着车经过石墙时，阿曼乐和罗雷跳下车，搬开挡路的石头墙，让马车过去。草地上已经没有牲畜了，牲畜早就被关回暖和的牲口棚了。所以，只要等他们回家时把那些拆开的围墙再砌上就可以了。

山毛榉的叶子几乎都掉光了，修长的树干和细枝条下，铺着一层厚厚的枯叶，成熟了的山毛榉就躺在落叶铺成的软床上。爸和罗雷拿起草叉，小心地把山毛榉果子连同枯叶一起叉起来装进马车。艾丽丝和阿曼乐在车上使劲儿蹦跳，把树叶踩实，这样才能多装一点儿。

等马车装满了，爸和罗雷就驾着马车回牲口棚了。阿曼乐和艾丽丝则留下来玩耍，等马车回来。

一阵冷风吹来，云彩遮住了阳光，天色暗了下来。松鼠在林间奔跑跳跃，采集坚果预备过冬。天空中飞过一群野鸭，它们嘎嘎地叫着，朝南边飞走了。这个时候最有意思的就是玩印第安人的游戏啦！

等他俩玩够了这个游戏，就坐在木头上，用牙齿咬开山毛榉果子吃。山毛榉坚果是三角形的，深棕色，颗粒不大，外壳非常硬，但里面的果仁却非常好吃，怎么吃都不会腻。他们还没吃够呢，马车就回来了。

之后，阿曼乐和艾丽丝继续去车上踩树叶，爸和罗雷则忙着叉树叶，树下腾出来的空地越来越多了。

他们用了足足一天的时间收集山毛榉坚果。在寒冷的黄昏，他们把最后一车山毛榉运回家时，阿曼乐帮着把石墙重新砌好了。所有的山毛榉连带果叶都运到了南牲口棚的空场里，在扬谷机旁堆成一大堆。

这天晚上，爸说，印第安的夏天已经过去了。

“今晚就要下雪啦！”爸说。果然，第二天早上阿曼乐醒过来时，发现窗外白茫茫的一片，他从窗户向外望去，看见谷仓的空地和牲口棚的屋顶上都盖着一层厚厚的白雪。

积雪差不多有六英寸深，但是土地还没有完全冻硬。爸很高兴，说：“这场雪就是送给穷人最好的肥料。”爸让罗雷把雪都运到田里去。雪将空气中的一些养分带到了土壤里，会使庄稼长得更加茂盛。

阿曼乐则留在家里帮着爸干家里的活儿。他们把牲口棚的木窗关严，将经过夏天风吹雨淋的木板墙修结实。他们把马厩的干草堆在牲口棚的墙周围，又用干净的干草堆在房子的墙周围。最后搬来石头压在干草上，免得干草被风吹走。他们还给房子安上了防风门和防风窗。那个周末，第一场寒冷的霜冻果真降临了。

严寒的天气来了，又到屠宰的时候了。

天刚亮，天气格外寒冷。还没吃早餐，阿曼乐就帮罗雷把大铁锅搬到牲口棚旁边。他们把铁锅架在石头上，然后往铁锅里加了三大桶水，添上些柴火点燃了。

就在他们忙着做这些事时，约翰叔叔和乔伊叔叔来了。因为今天要宰五头猪和一头小牛，时间很紧，于是大家快速地吃完了早餐。

每杀完一头猪，爸就和乔伊叔叔、约翰叔叔一起把猪扔进烧开的锅里烫一会儿，然后放到案板上，用切肉的刀刮掉猪毛，再将猪脚绑在树上让猪倒吊起来，割开猪的胸膛，取出内脏放到木桶里。

阿曼乐和罗雷一起抬着木桶回到厨房。妈和姐姐们把猪内脏和猪肝清洗干净，然后剥下内脏附近的脂肪，以后好用来熬猪油。

乔伊叔叔正在帮着爸小心地把整张牛皮剥下来。每年爸都要宰杀一头牛，把牛皮留着做皮鞋。到了下午，大家都在忙着切肉。阿曼乐和罗雷匆匆忙忙地来回跑着，将肉存起来。所有的肥肉都放到木桶里，用盐腌制起来，然后存放到地窖里。腿肉和肩胛骨上的肉被小心翼翼地放进腌汁里面。这种腌汁是妈用盐、枫糖、硝和水熬出来的，味道有些呛人，闻了就会打喷嚏。

排骨、猪心、猪肝、猪舌头和用来做香肠的碎肉都被存在阁楼上的木棚里。爸和乔伊叔叔把大块的牛肉也放到那里，这些肉将在阁楼里冻上整个冬天。

屠宰工作到晚上总算忙完了。爸拿了些鲜肉给乔伊叔叔和约翰叔叔做报酬，他们高兴地吹着口哨回家了。晚餐妈做了烤排骨。阿曼乐最喜欢啃骨头了，他还特别喜欢吃浇了棕色猪肉汁的土豆泥。

在接下来一周里，是妈和姐姐们最忙碌的时候了，所以妈让阿曼乐来厨房帮忙。肥猪肉要切成小丁，放在炉子上的大锅里熬着。等油熬出来，妈用一块白布过滤油渣，过滤好后倒进大石头罐子里面。脆脆的猪油渣就留在了白布上。阿曼乐觉得油渣很好吃，总是偷偷地抓上一把塞到嘴里。但是妈不让他吃太多，因为油渣特别油腻，妈将它们存起来做玉米面包。

接着，妈又做猪头肉冻。她将五个猪头、一个牛头一起放进大锅里熬煮，直到肉从骨头上脱落下来。妈把这些肉剁碎，加入调料，浇上煮肉的汤汁，然后倒进大盆子里。等它慢慢冷却下来，看上去就像果冻一样，因为骨头里的骨胶都被熬出来了。

妈还做了肉馅。她选用最好的猪肉和牛肉，煮熟了，再剁成

肉末，加入葡萄干、香料、糖、醋、白兰地、碎苹果粒。妈整整做了两大罐肉馅。肉馅闻起来实在太香了，妈让阿曼乐将碗里剩下的吃了解解馋。

阿曼乐一直在绞做香肠要用的碎肉丁。他把肉块塞进绞肉机里，然后转动把手，就这样干了好几个小时，总算把肉都绞碎了。妈在肉里加入调料搅匀，之后用模具将碎肉丁做成了大肉丸。阿曼乐把肉丸送到阁楼上，放到干净的布上。这些肉丸会在那里冻上一个冬天。每天早晨，妈都会拿出一个用作肉馅，给大家做煎饼当早饭吃。

最后要做的就是蜡烛了。妈把油锅洗干净，在里面装上成块的肥牛肉。肥牛肉不会融化成肥油，只会化成牛脂。阿曼乐帮着妈在模具里装上灯芯。

蜡烛模具是两排固定在一起的锡管，靠六只脚站立。锡管的顶部有一个开口，管身往下逐渐变细，末端处还开着一个小孔。

妈比对着每个管子的长度，把蜡烛芯剪好，然后再把它们穿过一根小木棍，将烛芯的两端拧成一股。妈舔了舔拇指和食指，将拧成一股的烛芯末端搓成尖尖的。当木棍上做好六个这样的烛芯后，妈将它们分别插到六根长管里，烛芯的尖头从管子的小孔里穿出来，而小木棍则横架在了锡管的最上方。阿曼乐把每根烛芯拉紧，然后在烛芯的最下方绑了一个土豆，这样便把烛芯固定好了。

等到锡管模具的烛芯都在最中间，而且保持笔直后，妈就缓慢地把牛脂倒入管内。她将每个模具都注满，阿曼乐就把它拿到屋外冷却。等牛脂完全冷却变硬后，阿曼乐再把模具拿进屋里。

妈把模具放到沸水里煮上一会儿，然后将细棍提起来，就可以看到每根细棍上都挂了六根蜡烛。接着，阿曼乐把蜡烛从细棍上剪下来，将蜡烛扁平端多余的烛芯修剪掉，在有尖的那端留下一小段烛芯用来点火。这样处理完毕以后，再把光滑笔直的蜡烛堆放在一起。

整整一天，阿曼乐都在帮妈做蜡烛，到了晚上，已经把足够一年使用的蜡烛都做完了。

第二十三章

修鞋匠

阿曼乐的鹿皮鞋已经快要穿烂了，可是，修鞋匠还没来，这让妈有些担忧，总是不停念叨。罗雷的脚丫也长大了，去年的鞋子已经穿不进去了。他只好把靴子的边缘剪开一点儿，这样才能把脚伸进去。他们的脚都冻疼了，可是一点儿办法也没有，只能等修鞋匠来。

时间过得真快，罗雷、伊丽莎和艾丽丝就要去上中学了，可是他们连一双像样的鞋子都没有。修鞋匠怎么还不来呢?

妈把新织的羊毛灰布拿出来，用剪刀咔嚓咔嚓地裁剪起来。她量啊、裁啊、缝啊、补啊，给罗雷做了一套好看的衣服，还配了一件大衣。之后，她又给罗雷做了一顶新帽子，耳罩可以扣在帽顶上，就跟在商店里买来的一模一样。

妈给伊丽莎和艾丽丝分别做了一套新裙子，伊丽莎的是酒红色的，艾丽丝的是蓝色的。女孩们把旧衣裙和旧帽子拆开，洗干净，熨烫平整，再把布翻过来，里朝外缝好，这样看上去就像新的一样。

每天晚上，妈都忙着给全家人织袜子。因为她织得太快了，毛线针摩擦得都发烫了。但是即便有再多的袜子，没有鞋子也是不行的。

修鞋匠还是没有来。女孩们的裙子很长，可以遮住脚上的旧鞋。罗雷虽然穿着漂亮的衣服，但那双鞋子却四处透风，白色的袜子露了出来。但是，这也没有办法。

上学的日子到了。早上，屋里的每个窗口都闪着烛光，阿曼乐和爸在做杂活儿。没有了罗雷一起到牲口棚里干活儿，阿曼乐觉得特别孤单。

罗雷和两个姐姐穿好衣服以后就开始吃早餐，大家都没吃多少。爸套好了马车，阿曼乐把行李包拿下楼，他多希望艾丽丝能陪他留在家里啊！

马拉着雪橇等在大门口，妈脸上虽然露出笑容，却不时用围裙擦眼睛。孩子们走到雪橇旁边，马蹬了蹬地面，雪橇铃声叮叮当当地响着。艾丽丝用毛毯盖上她的篷裙，爸驾起马车，雪橇拐上了大路，脸上蒙着黑面纱的艾丽丝回头大声地喊：

“再见啦！再见！”

这一整天，阿曼乐都不高兴。家里空荡荡的，一片沉寂，只有他一个人陪爸妈吃午餐。他们要早点儿做杂活儿，因为罗雷不在家。阿曼乐每次一想到艾丽丝没在家，都不愿意走进屋子，他甚至还有些想念伊丽莎。

晚上，阿曼乐躺在床上睡不着，他牵挂着五英里以外的哥哥姐姐们正在做什么。

第二天上午，修鞋匠终于来了。妈到门口迎接，对他说：“天啊，你终于来了，你晚来了三个星期！我的孩子们现在都要光脚丫啦！”

不过，修鞋匠的脾气非常好，妈的不满也就全没有了。这不是修鞋匠的错，他在一户人家里待了整整三个星期，忙着给参加婚礼的人们做新鞋。

修鞋匠是一个非常爱笑的胖子，他一笑起来，肚子和脸上的肉都会跟着一起抖动。他在餐厅的窗边摆好鞋凳，把工具箱打开开始干活儿。他给大家讲笑话，妈被逗得哈哈大笑。爸拿出了去年鞣制的皮子，整个上午，他都在和修鞋匠研究如何使用。

午餐吃得很愉快，修鞋匠不但给大家讲了各种各样的新闻，还不停地称赞妈的厨艺好。他的话让爸不停地笑着，妈也开心地笑着，眼泪都快流出来了。

后来，修鞋匠问爸想先做什么。

爸说："先给阿曼乐做一双靴子吧。"

阿曼乐简直不敢相信自己的耳朵，他早就想拥有一双漂亮的靴子了。他还以为自己得一直穿着鹿皮鞋呢!

"詹姆斯，你这样会惯坏孩子的。妈说。

但是爸却回答她说："不会的，他已经是大孩子了，可以穿靴子了。"

阿曼乐真希望修鞋匠立刻动手做靴子，他简直等不及了。

修鞋匠到木柴房看了一遍里面的木头。他需要一块全干透了的枫木，那种细密的直纹枫木。找到合适的枫木以后，他用锯子在木头两端锯下了两块薄木片，一片有一英寸厚，另一片有半英寸厚。修鞋匠用木尺测量了一下，然后用锯子把木片的四个角修整齐。接着，他拿着木片坐在补鞋凳上，打开了工具箱。工具箱被分成了很多小格子，所有的修鞋工具都规规整整地摆放在格子里。

修鞋匠先把厚一点儿的木片放在补鞋凳上，然后用锋利的刀子在木片的表面刻出一条条凸起的细沟纹，接着又把木片转过来，横着刻沟纹，这些交叉的沟纹就形成了许多凸起的小尖点。

他拿来一把又薄又直的刀子，把刀刃放到两个凸起的沟纹中间的凹槽里，用锤子敲打了几下，一根薄薄的木条就被切了下来，木条的一侧是凸凹的锯齿。他移动刀子，在别的沟纹之间轻轻敲击，最后把整片木头分成了一根根带锯齿的木条。他握住一根木条的一端，把刀扎进凹槽去切断木条，每切断一处就做成了一颗鞋钉。每颗木钉都是一英寸长、八分之一英寸宽，头部尖尖的。

另外那块薄一点儿的木板也被做成了鞋钉，不过只有半英寸长。

接下来，修鞋匠准备给阿曼乐量一量脚的大小了。

阿曼乐脱掉鹿皮鞋和袜子，站在一张纸上。修鞋匠用一根铅笔把阿曼乐脚的轮廓画了下来，然后从各个角度量好尺寸，认真地记录下来。

量完了尺寸，修鞋匠就不需要阿曼乐待在这里了。于是，阿曼乐就去帮爸剥玉米皮。

爸有个大钩子是专门用来剥玉米皮的，阿曼乐有一个小一些的钩子。他把拴着钩子的绳子系在右手腕处，木头制成的钩子就会从拇指和食指之间露出来。

玉米堆在冰冷的牲口棚里，阿曼乐和爸坐在挤牛奶的小矮凳上。他们先把玉米棒从玉米秆上掰下来，然后用大拇指和钩子夹住玉米棒的干壳，把壳剥下来，再将光光的玉米棒扔到旁边的篮子里。

玉米秆和沙沙作响的干叶子堆放在一起。小牲口要吃这些玉米叶子。

他们剥完手边的玉米后，就把小凳子向前挪动一点儿，他们身后的玉米秆和玉米叶子越堆越多。爸把篮子里面的玉米棒都倒进了玉米储藏箱里面。玉米储藏箱渐渐装满了。

因为四周的大牲口棚能挡住刺骨的寒风，所以牲口棚空场里不太冷。雪从玉米秆上抖落下来。阿曼乐的脚冻得非常疼，但他一心想着自己的新靴子。没到晚饭时间，他已经心急地想看看修鞋匠把鞋子做得怎么样了。这天，修鞋匠只是削出两个做鞋用的木鞋楦，正好是阿曼乐两只脚的形状。鞋楦被倒着放在补鞋凳上方的一根长木桩上。

第二天早上，修鞋匠从牛皮中央很厚的地方剪下鞋底，又从牛皮边缘比较薄的地方剪出内层鞋底，用最柔软的牛皮剪出靴面，接着就用蜡擦起了麻线。

他用右手捏着麻线从左手里的一小团蜡上拉过，接着将麻线放到他的皮围裙上，用右手掌来回搓。然后，他又把麻线拉过黑蜡，又搓了一遍。蜡线发出咔咔的声音，鞋匠的手臂来回舞动，直到麻线上打满了蜡，变得黑亮坚硬。接着，他在麻线的两端各放上一根硬猪鬃，然后一边给麻线打蜡，一边搓线，再上蜡，再搓线，直到猪鬃被蜡牢牢地粘在麻线上。最后，他准备缝皮靴了。他把做一只鞋要用的几块牛皮叠在一起，用钳子紧紧夹住。牛皮的边缘露出来，又均匀又结实。他用锥子在靴面上敲了一个洞，把两根猪鬃分别从洞里穿过去，再拉紧线。接着他又钻出另一个洞，把两根猪鬃穿过去，再拉紧线，直到打过蜡的麻线深深地陷进牛皮里。这是第一针。

“看我缝的针脚！”他说，“我做的靴子非常结实，就算你穿着它踩进水里也不会渗水。”

修鞋匠就这样一针一针地缝着，等两只靴面都缝好以后，他把靴底放在水里浸泡了一夜。第二天早上，修鞋匠把一只鞋楦放在补鞋凳上，鞋底面朝上。他把内靴底的牛皮放在鞋楦上，把一只靴筒朝下套在木头鞋楦上，同时将靴筒的边缘折在内靴底的上面，再把厚厚的外靴底放在最上面，这样就成了一只靴子倒着套在鞋楦上面。

修鞋匠用锥子在靴底上扎了很多小孔，然后把枫木钉钉进孔里。之后，他又用厚牛皮做了一个靴子后跟，用长枫木钉固定在靴底的脚后跟处。这样长筒靴子就完工了。

靴底还有些潮湿，必须在夜里晾干。第二天早上，修鞋匠把鞋楦从靴子里取出来，用锉子把靴子里凸出来的木钉都磨平整。

阿曼乐穿上了他的新靴子，觉得特别合脚。靴跟踩在厨房的地板上，发出了嗒嗒的响声。

星期六的早晨，爸驾车去了马龙镇，接艾丽丝、罗雷和伊丽莎回家，准备给他们量脚的尺码，做新鞋子。

妈准备了一顿非常丰盛的午餐，阿曼乐则早早地跑出去站在大门口，焦急地等着艾丽丝回家。

艾丽丝一点儿都没变，还没下车就大声叫着：“哇！阿曼乐，你穿新靴子啦！”然后，她就给阿曼乐详细地讲自己在学校怎么学习音乐和礼仪、怎么学做淑女。又回家了，她好高兴啊。

可是伊丽莎的变化却很大，她现在更霸道了。她说阿曼乐穿着新靴子走路的声音太吵了，甚至向妈埋怨，爸用茶碟喝茶让她感到没面子。

“如果不用茶碟的话，如何才能使茶水尽快凉下来呢？”

“哦，妈，有身份的人都是用茶杯喝茶。”伊丽莎说。

艾丽丝听了很不高兴：“伊丽莎，你太过分了！我觉得爸跟别人一样尊贵体面！”

妈停下了手里的活儿，转过身看着伊丽莎。

“小姐，如果你这是在炫耀你受过良好的教育，那么你说说看，茶碟是怎么来的？”

伊丽莎张了张嘴，却什么都没有说出来。

“茶碟是荷兰的水手们从中国带来的。”妈说，“两百多年前，荷兰水手第一次绕过好望角抵达中国，从那里带回了茶碟。在那之前，大家都是用茶杯喝茶的，因为他们没有茶碟。但是自从有了茶碟，他们就改用茶碟喝茶了。这两百多年来，人们都在用茶碟喝茶，继承两百年一直传承下来的传统，有什么不好吗？我们不会因为你在马龙镇学到了什么新奇观念就改变我们的生活方式。”

妈的这些话让伊丽莎无言以对。

罗雷一向话不多，他穿上旧衣服，到牲口棚去干杂活儿。不过，看起来他热情不高。晚上睡觉时，他告诉阿曼乐，他以后想自己开一个商店做老板。

“如果你整天在农场里做这些杂事，那就太傻了。”罗雷说。

“可是我很喜欢马！”阿曼乐说。

“嘿，商店的老板自己也有很多马啊！”罗雷说，“他们每天都穿着体面、漂亮的衣服，坐在两匹马拉的车上到处兜风。有的店老板还自己雇个马车夫呢！”

阿曼乐不再吭声了，不过他从来没想过找别人来给自己驾车，他最想做的就是亲自训练小马，亲自驾车。

第二天一大早，全家人一起去了教堂。从教堂出来以后，罗雷、伊丽莎和艾丽丝直接去了学校，只有修鞋匠跟着他们又回到了农庄。修鞋匠每天坐在客厅的补鞋凳上，一边吹着口哨，一边忙着手里的活儿，直到做完了所有的靴子和鞋子。他在阿曼乐家一共逗留了两个星期。工作结束后，他就收起补鞋凳和工具，驾着马车赶去下一家了。整栋房子又变得空荡荡的了。

那天晚上，爸对阿曼乐说："小家伙，玉米都剥完了，明天开始，我们给亮亮和星星做一辆雪橇吧！"

"啊，爸！"阿曼乐欢呼着，"那到了冬天，我就能和你一起到森林里帮着搬木材了吗？"

爸笑着对他眨了眨眼睛，说："不然我们做雪橇干什么呢？"

第二十四章

小雪橇

第二天一早，外面下起了大雪，爸带着阿曼乐向林场出发了。鹅毛般的大雪纷纷扬扬，把整个大地都变成了白茫茫的一片。如果你独自一人，屏住呼吸，静静地倾听，一定可以听到雪花飘落的声音。

他们在漫天飞雪的树林里寻找着树干笔直的小橡树。看到比较合适的树，爸就用斧头把它砍倒，然后修剪。阿曼乐负责把树枝整整齐齐地堆到一起。接着，他们把橡树抬上雪橇。

接下来，他们要找两棵弯曲的树用来做弧形板。小树在开始长弯之前，直径得有五英寸，高度得有六英尺。想找到这样的树可真难啊，可能整个林场都找不到两棵相似的树。

“孩子，世界上不可能有两棵长得完全一样的树，”爸说，“甚至没有两棵长得完全一样的草。如果你仔细观察，就会发现所有的东西彼此都不一样。”

他们只找到了两棵形状有些相似的树。爸把它们砍倒，阿曼乐把它们抬上雪橇。之后，他们就赶着马车回家了。到家时，刚好到了吃午餐的时间。

吃过午餐，阿曼乐跟着爸一起去南牲口棚做雪橇。

爸把滑板底部刨得又平又滑，并将上翘的一端的表面打磨干净。接着，在滑板上面，爸刨平了一小块地方，又在滑板靠近后端的地方刨平了一小块。然后，爸砍了两块木板做横梁。他将这两块木板劈成十英寸宽、三英寸高，并锯成四英尺长的一段。为了立稳木板，他将木板的两个角削平，然后把横梁底部中间刨成弧形，这样即使道路中间的积雪比较厚，雪橇也能轻松通过了。

爸把两块滑板并排摆好，中间相隔三英尺半，然后将横梁安在滑板上面。不过他并没有把两块滑板固定住。他又劈出两块六英尺长的厚木板，两面都很平滑。他把木板放到横梁上，与下面的两块滑板平行。他在顶板上钻出了一个洞，钻头越过横梁，再钻入滑板。在越过横梁时，他让钻头紧靠着横梁的一侧，使得横梁上也钻出了半个洞的凹槽。接着他又在横梁的另一侧钻出一个相同的洞。

爸把结实的木钉敲进洞里，木钉穿过顶板，钉入滑板，从横梁两侧的凹槽钻过。这样，木钉就把顶板、横梁和滑板紧紧地固定在了一起。爸又在雪橇的另外三个角上钻孔，阿曼乐把木钉敲进去。小雪橇的主体部分就完成了。

现在，爸在滑板前端内侧各钻出一个洞。他把一段细树干的树皮劈掉，将两端削尖，正好插进洞里。爸和阿曼乐用力将两根滑板拉开，爸将细树干的两端插进洞里。等阿曼乐和爸一松手，滑板就把细树干紧紧地夹在中间了。

接着，爸又在细树干的两端挨着滑板的地方钻了两个洞，准备给雪橇装上牵引杆。牵引杆是用小榆木做的，榆木比橡木更有韧性。这根榆木从粗头到细头有十英尺长。爸把一只铁环套在细头上，用锤子把铁环往粗头敲，一直敲到铁环紧紧地套住牵引杆，离粗头有两英尺半远。然后，他把粗头从中劈成两半，一直劈到铁环那里，铁环可以让树干不再往上开裂。

爸把树干裂开的两端削得尖尖的，分别敲进细树干上的两个洞里。他又在细树干上钻洞，一直钻入牵引杆敲进细树干的部分，再把木钉敲进洞里。

爸在牵引杆细头的顶端敲进一颗大铁钉，一直穿透牵引杆，铁钉从牵引杆下面露了出来。这样，牵引杆细头的顶端就可以插进牛轭下面的铁环里。当牛后退的时候，铁环就会抵住铁钉，坚实的牵引杆就会推着雪橇往后退。

小雪橇完工，该干杂活儿了，但阿曼乐一直在等爸给他的雪橇装上架子。于是，爸很快在两根顶板的两端各钻一个洞，一直钻进了横梁。然后阿曼乐往每个洞里敲进去一根四英尺长的木桩，木桩高高地竖立在雪橇的四个角落上。这样，阿曼乐用雪橇拉木头的时候，木头就不会滚下来了。

暴风雪就要来了。晚上，阿曼乐和爸拎着奶桶回屋时，寒风裹着雪花呼啸而来。阿曼乐盼望着雪能下得大一些，这样他就可以用新雪橇跟爸一起去拉木材了。不过，爸仔细听了听外面的风雪声，说明天没法出去干活儿了，只能待在家里。这样也好，他们可以开始打麦子了。

第二十五章
打麦子

狂风怒吼，雪花飞舞，杉树林里传来寒风的呼啸声。苹果树枝被大风吹得只剩下树干，光秃秃的。屋外的世界阴沉沉的，没有一丝生机。

不过，坚固结实的牲口棚里却很安静，怒吼的暴风雪侵袭着牲口棚的外墙，但是，牲口棚里面始终保持着温暖。

阿曼乐进棚后把门闩上，暴风雪的嘈杂声顿时消失了，牲口棚里温暖而寂静。马把头转向饲料槽，小声地嘶鸣着；小马驹昂起头，蹄子欢快地刨着地；奶牛站成一排，悠闲地甩着尾巴，你可以听到它们反刍的声音。

阿曼乐轻轻地摸了摸马柔软的鼻子，充满渴望地看着小马驹明亮的大眼睛。接着，他走进工具房，看见爸正在修理打麦子用的连枷。

连枷的手柄掉了，爸必须把它重新安好。连枷是一根包着铁皮的木棒，有三英尺长，像一把扫帚柄那么粗，其中一端有一个小孔。它的手柄有五英尺长，在末端有一个圆球。

爸把一根牛皮穿过一端的孔后，将两头系牢，这样就成了一个皮环了。他拿起另外一根皮带，在两头割开两个口子，把皮条穿入连枷上的皮环，然后把牛皮两头的裂口套在手柄末端的圆球上。现在连枷和手柄被两个皮环松松地系在一起，这样连枷就能随意向各个方向转动。

阿曼乐的连枷是新的，不用修理。爸修好了连枷，就带着阿曼乐一起来到南牲口棚里的空场。

牲口们已经把南瓜吃光了，但空气里还是飘着一股南瓜的清香味。堆在角落里的山毛榉散发出森林里特有的气息，小麦也飘出了阵阵麦香。虽然屋外的风还在狂吼着，但南牲口棚的空场却暖融融的，一片宁静。

阿曼乐和爸把几捆小麦解开，平铺在干净的木地板上。

阿曼乐问爸为什么不租一台脱粒机来打麦子。去年秋天，有三个人带着一台脱粒机来这里，爸还过去看了。用那台机器，只用几天就能把一家人收获的全部谷物打完。

“懒惰的人才会用机器打麦子呢！”爸说，“虽然脱粒机干活儿快，但是浪费也大。当然，懒汉觉得那样不用亲自动手还节省时间，当然好了。而且它会把麦秆绞碎，连牲口都不肯吃。它还会把麦粒喷得到处都是，太浪费了。它最大的优点就是省时间。可是，如果我们把所有的工作都交给机器去做，自己却闲下来，不会觉得闷得慌吗？难道你愿意在这么冷的天气里一直坐在屋子里发呆吗？”

“不愿意！”阿曼乐连忙说。阿曼乐最怕闲着什么事情都不做了，尤其是在星期天。

他们把小麦摊开，有两至三英寸厚。两个人面对面坐着，两只手握住各自的连枷，高高地举过头顶，再朝麦子打下去。

爸打一下，阿曼乐接着打一下，然后爸又打一下，接着阿曼乐也打一下。啪嗒！啪嗒！啪嗒！啪嗒！好像是独立纪念日的进行曲，又像是在敲鼓一样。啪嗒！啪嗒！啪嗒！啪嗒！

麦粒从干爽的麦壳中脱落出来，沿着麦秆间滑落下去。空气中的麦香味更浓了，令人仿佛闻到了阳光下麦田成熟后的气味。

阿曼乐正打在兴头上，又到了该叉草的时候。他轻轻地叉起麦草，抖动一下，然后放到一边。褐色的麦粒洒落在地板上。他们摊开新的麦子，继续用连枷砸。地上堆了厚厚的一层麦粒，阿曼乐就用一个大木刮板把麦粒刮到旁边去。

一天下来，麦粒堆得高高的。在到牲口棚干活儿之前，阿曼乐已经打扫干净扬谷机前的地板。

爸把麦粒铲进漏斗里，阿曼乐摇起了扬谷机的风扇手柄。扬谷机的风扇在飞转着，薄薄的麦壳被吹了出来，干净的麦粒从扬谷机的侧面流了出来，掉在旁边的地面上。阿曼乐抓了一把麦粒塞进嘴里嚼了嚼，甜甜的，那种香味在嘴里萦绕不散。

阿曼乐一边嚼着麦粒，一边举着谷物袋子，好让爸把麦粒铲进口袋里。爸把装满的袋子靠在墙角，摆成一排。这些就是今天的劳动成果了。

“我们再弄些山毛榉果子吧。”爸说。于是，他们去叉了一些裹着榉树叶的榉果放进大漏斗里，转动风扇，把一片片榉树叶扬走，三角形的山毛榉果滚落出来。阿曼乐装了一篮子，打算晚上坐在炉火边吃。

忙完这些以后，他就吹着口哨去做杂活儿了。

在整个冬天里，每当有暴风雪的夜晚，他们就打麦子。打完了小麦就打燕麦、大豆和加拿大豌豆。这样就有充足的饲料喂牲口，有大量的小麦和黑麦可以送到磨坊去磨成面粉。现在，阿曼乐不但会犁田，会帮忙收获粮食，又学会打谷物了。

他帮着喂温顺的奶牛，喂那些把头伸出马棚的栏杆急切嘶鸣的马，还有饿得咩咩叫的羊，以及肚子饿得咕噜噜叫的小猪。他真想对它们说：“我现在长大了，可以照顾好你们啦！”

阿曼乐走出牲口棚，把牲口棚的大门关好，这样所有的牲口就可以舒舒服服地过上一夜了。然后，他顶着暴风雪，深一脚浅一脚地走向厨房，准备去享受晚餐。

第二十六章
圣诞节

有好长一段时间，阿曼乐感觉好像圣诞节永远都不会来了。每年圣诞节这天，安德鲁叔叔和得莉亚婶婶、卫斯里叔叔和琳达婶婶，还有所有的堂兄弟和堂姐妹们都会来阿曼乐家里吃晚餐，那可以算得上是全年里最丰盛的晚餐了。在圣诞节的早上，听话的孩子会在他的袜子里找到礼物，但是不听话的孩子也许只能找到一条鞭子。阿曼乐一直在努力做一个听话的好孩子，但是时间长了，他就有点儿坚持不下去了。

不过，圣诞节终于到了。艾丽丝、罗雷和伊丽莎都从学校里回来了。女孩们忙着把屋子打扫干净，妈一直在厨房里烘烤各种美食。罗雷去帮爸打麦子了，阿曼乐只能留在屋子里帮忙。阿曼乐一想起圣诞袜子里的鞭子，就尽量表现出积极做家务的样子。

阿曼乐得擦亮家里的餐刀和餐叉，并给银器抛光。他把围裙系在脖子上，搬出磨刀石，把磨刀石上面的红灰刮下来，然后用湿布蘸着红灰反复地擦拭刀叉。

厨房里香味扑鼻。刚刚烤好的面包放在一边等着晾凉，食物储藏室的木架上堆满了糖霜糕、饼干、碎肉馅饼和南瓜馅饼。炉子上的锅里正煮着蔓越莓酱。妈正在调制配料，打算一会儿塞进鹅肚子里烧烤。

屋外，温暖的阳光照耀在雪地上，屋檐下的冰凌正在滴答滴答地掉着水滴，从很远的地方传来雪橇的铃铛声，牲口棚里也传来欢快的打麦声。刀叉磨好以后，阿曼乐开始仔细地给银器抛光。

之后，阿曼乐爬上阁楼取鼠尾草，然后到地窖里拿苹果，之后又跑上阁楼去取洋葱，接着又给木柴箱里添满木柴，还顶着寒风抽好了水。这时候，他想总算干完了，至少可以歇口气了吧。但还没有完呢，他还得把火炉朝向饭厅的那一面擦亮。

“伊丽莎，你去打扫客厅吧。”妈说，“我担心阿曼乐会把黑蜡弄得到处都是。”

顿时，阿曼乐肚子里一阵抽搐。如果妈发现客厅墙壁上的那块黑色污渍，他就该倒霉了。他可不想在圣诞节的早晨收到一根鞭子，但是他更不愿意爸把他拎到柴房里关起来。

到了晚上，大家都累坏了。屋子已经被打扫得干净整洁了，阿曼乐不敢随便摸任何东西。吃过晚餐，妈把塞满了调料的肥鹅和小乳猪放进烤箱里，让它们在里面慢慢地烤上一整夜。爸关好风门，又给时钟上好了发条。阿曼乐和罗雷都把洗干净的短袜挂在椅子的靠背上，艾丽丝和伊丽莎也把长袜挂在另一张椅背上。

然后，他们就拿起蜡烛，上楼去睡觉了。

阿曼乐睡了一觉醒来，窗外依然是漆黑一片。他很激动，因为他突然想起今天就是圣诞节了！他猛地掀开被子，跳了起来，感觉踩到了一个扭动着的东西。哎呀！原来是罗雷。他忘记罗雷睡在他的旁边了。他从罗雷身上爬过去，大声嚷嚷着：“圣诞节啦，圣诞节快乐！”

阿曼乐连睡衣都没脱就穿上了裤子。罗雷也跳下了床，点亮了蜡烛。阿曼乐一把就抢走了蜡烛，罗雷急得大喊：“嘿，快把蜡烛拿回来，我的裤子放哪儿了？”

不过阿曼乐已经跑到了楼下。这时，艾丽丝和伊丽莎也从卧室里冲了出来，跟着阿曼乐飞奔到楼下。阿曼乐看到自己的袜子鼓鼓囊囊地挂在椅背上。他连忙放下蜡烛，一把扯过袜子。他掏出的第一件礼物竟然是一顶漂亮的新帽子！一顶从商店里买来的帽子！帽子的花格呢是用机器织的，帽子的衬里也是机器织的，就连线也是机器缝的。帽子上的护耳套可以扣在帽顶上。

阿曼乐高兴地叫着，他做梦都想不到自己会得到这么精致的一顶帽子。他把帽子翻过来翻过去看了半天，轻轻地抚摸着帽子的布料。他把帽子戴上，感觉有点儿大，不过他还要长大，这样他可以多戴一段时间。

伊丽莎和艾丽丝把手伸进她们的袜子里，接着也兴奋地大叫起来。罗雷得到了一条丝绸围巾。阿曼乐又把手伸到了袜子里，这回掏出了一颗五分硬币大小的薄荷棒棒糖。他咬了一口，糖块的外皮入口即化，就像枫糖一样，不过里面很硬，够他含上几个小时的了。

接下来，阿曼乐又从袜子里掏出一副崭新的手套，手套上面有妈用心织的漂亮花纹。然后，他又掏出了一个橘子和一小袋无花果干。阿曼乐觉得这些应该就是全部的礼物了。他觉得没有哪个男孩能得到比他更好的圣诞礼物。

可是，在袜子的趾尖处似乎还有东西。他连忙掏出来一看，竟然是一把折叠军刀，有四片刀刃。

“艾丽丝，快看！罗雷，快看啊！我有一把这么好的折叠刀！快看！这是我的新帽子！”

这时，从黑暗的卧室里传来了爸的声音：“孩子们，你们看看现在几点？”

几个孩子你看看我，我看看你，都不出声了。罗雷把蜡烛举起来照了照时钟，指针刚刚指向三点半。

这回，连伊丽莎都不知道该怎么办才好了。他们把爸妈吵醒了，这比平时起床时间足足早了一个半小时。

“现在到底几点了？”爸又问。

阿曼乐和罗雷看了看伊丽莎，伊丽莎动了动嘴唇，但是艾丽丝抢先说：“爸，妈，圣诞节快乐！现在……现在已经四点差一刻啦！”

时钟嘀嗒嘀嗒地响着，爸笑了起来。

罗雷打开了火炉的风门，伊丽莎搅了搅柴火，然后用水壶烧水。等爸妈起床的时候，屋子里就会暖洋洋的了。现在，他们有整整一个小时的时间，可以尽情地欣赏自己的礼物。

艾丽丝的礼物是一个金色吊坠盒，伊丽莎的礼物是一对深红色的耳环。妈还给她们编织了新的花边衣领和黑花边的连指手套。罗雷得到了一条丝绸围巾和一个精致的钱夹。这个圣诞节真是太美好了！

妈开始忙碌起来，其他人也赶紧各忙各的活儿。要做杂活儿，要挤牛奶，新鲜牛奶要过滤后储存起来，还要吃早餐，蔬菜瓜果要洗净削皮。在客人来之前，整个屋子要收拾干净，每个人都要穿得整整齐齐的。

太阳很快就升起来了，妈忙得团团转，一直吩咐着：“阿曼乐，快去把耳朵洗干净！天啊，罗雷快让开，别在这里碍事！伊丽莎，别弄错了，是要给土豆削皮，不是切片，别留这么多芽眼，小心土豆长了眼睛会跳出锅的。艾丽丝，快看看银器够不够？再摆上刀和叉，漂白好的桌布在架子的底层呢！天啊，看看钟都几点了！”

雪橇的铃声从大路上传来，妈关上烤炉的门，然后跑回卧室换下围裙，别上胸针。艾丽丝快步跑下楼，伊丽莎往楼上跑，两个人都告诉阿曼乐把衣领整理好。爸叫妈帮他把领带打好。这时，卫斯里叔叔的雪橇已经在门前停了下来。

阿曼乐欢呼着跑出去，爸妈优雅地跟着出来了，仿佛他们一生从来都没着急过似的。

弗兰克、福瑞德、亚伯纳和玛丽一股脑儿从雪橇上下来，他们都穿得严严实实的。妈还没来得及抱一抱琳达婶婶家的小宝宝，安德鲁叔叔的雪橇就来了。

院子里到处是跑来跑去的男孩子，屋子里则是蓬蓬裙。叔叔们在门口跺了跺脚上的积雪，摘下了围巾。

罗雷和表兄詹姆斯驾着雪橇来到马车棚，卸下马身上的马具，将它们安顿在马厩里。

阿曼乐戴上自己的新帽子，向堂兄们得意地展示他的小折叠刀。弗兰克的帽子已经有点儿旧了，他也有一把折叠刀，但是只有三片刀刃。

接着，阿曼乐领着堂兄弟们去看星星和亮亮，还有新做的小雪橇。他还让他们拿着玉米棒挠小猪露西的背。阿曼乐说可以带他们去看看小马星光，但条件是他们必须保持安静，不能吓到它。

英俊的星光摇晃着尾巴，迈着优雅的步伐向他们走来。弗兰克把手伸进栏杆想去摸摸，星光抬了抬头，避开了弗兰克的手。

“不能摸它！”阿曼乐叫道

“我敢打赌，你不敢进去摸它的背。”弗兰克挑衅着。

“我当然敢啦，但我才不会那么干呢！我可不能吓着一匹这么好的马驹。”

“怎么会吓到它呢？”弗兰克说，“你连这么小的马都害怕呀！”

“我不怕，”阿曼乐说，“但是爸不准我靠近小马。”

“如果我是你，我想怎么做就怎么做。反正你爸又没在这里。”弗兰克说。

阿曼乐没有吭声，弗兰克爬上了马厩的栏杆。

“你快下来，你这样会吓到小马的！”阿曼乐说着就抱住弗兰克的腿。

“我就想吓吓它！”弗兰克一边喊着，一边用脚踢阿曼乐。

阿曼乐一把抱住了他。这时候星光开始不安地在马厩绕圈跑了。

阿曼乐真想喊罗雷过来帮忙，但是他担心这样一来星光会更害怕。于是他使劲儿一拽，弗兰克摔在了地上。所有的马都受到惊吓，跳了起来，星光连连后退，猛撞在食槽上。

弗兰克爬起来向阿曼乐冲过去。“我要揍你！”弗兰克爬起来说。

“你试试呀！”

罗雷匆匆忙忙从南牲口棚过来，他抓住阿曼乐和弗兰克的胳膊，把他们俩拖出来，其他人默不作声地跟在他们后面。阿曼乐吓得腿发软，他真担心罗雷会告诉爸。

“你们听着，如果再让我看见你们去逗引小马，”罗雷说，“我一定会告诉爸和卫斯里叔叔，他们非剥掉你们一层皮不可！”罗雷说完，抓住阿曼乐使劲儿摇晃，阿曼乐被摇得晕头转向，根本不知道罗雷是怎么摇晃弗兰克的。接着，罗雷抓着他们俩的脑袋往一块儿撞了一下，阿曼乐立刻感到两眼直冒金星。

“这是给你们的教训，居然在圣诞节打架，多丢人！”

“我只是不让他去吓唬星光。”阿曼乐嘟囔着。

“住嘴，别说了！”罗雷说，“你们都给我老实点儿，不然的话，有你们好受的！赶紧去洗手，等会儿该吃午餐了。”

他们乖乖地进厨房去洗手了。妈、婶婶们和女孩们正忙着从厨房往外端菜。餐桌被翻了个身，附加的桌面被拉了出来，餐桌上摆满了各式各样好吃的东西。

爸做着祷告，阿曼乐闭上眼睛，低下了头。因为是圣诞节，所以今天的祷告时间比每天都长。做完了祷告，阿曼乐安静地坐在那里，看着桌子。

桌子上的大盘子里是一只喷香酥脆的烤乳猪，它嘴里还衔着一个苹果。油汪汪的烤鹅冒着香气，鹅腿肉的下段翘起，肚子里的配料都掉出来了。爸正在磨石上磨餐刀，这让他更馋了。

餐桌上还有一大碗诱人的越橘酱，融化的黄油正从软糯的土豆泥上淌下来，还有芜菁泥、金黄色的烤南瓜和苹果煎洋葱等好多好吃的。他的口水都要流下来了。

阿曼乐咽了一下口水，努力不去看那些好吃的东西，但还是

把目光投向洋葱煎苹果和冰糖胡萝卜，还有三角形的馅饼、香辣南瓜馅饼、融化的奶油馅饼，油腻的、黑黑的肉馅从馅饼的皮缝里冒了出来。

阿曼乐两只手紧紧攥着，不安分地在膝盖上摩挲着。尽管肚子一直在咕咕乱叫，甚至都有些疼了，也只能安静地坐着。

那些桌子上的美味佳肴是要大人们先吃的。他们一边有说有笑的，一边递着盘子。看着鲜嫩多汁的猪肉被爸一片一片地切下来，分给了别人。白白的鹅胸肉也一片一片地被瓜分了，只留下了骨架。晶莹剔透的越橘酱越来越少了，土豆泥也被掏出了一个大坑，鲜美的褐色肉汁也被长柄勺舀走了。

阿曼乐最后才能得到食物，因为除了亚伯纳和琳达婶婶家的小宝宝以外，他是最小的。而亚伯纳是客人。

终于轮到阿曼乐了。一拿到盛满了食物的餐盘，他就迫不及待地吃了一口，感觉肚子一下就舒坦了。之后，他埋下头不停地吃啊吃啊，一直吃到肚皮都要撑破了才停下。休息了一会儿，他又拿起第二块干果蛋糕，一小口一小口地吃着。接着，他在口袋里装了一块水果，就去屋外玩了。

男孩们打算玩雪堡大战，由罗雷和詹姆斯来挑选搭档。罗雷选了弗兰克，詹姆斯选了阿曼乐。然后他们就去牲口棚旁边积雪比较厚的地方滚雪球。雪球越滚越大，差不多跟阿曼乐一样高了。接着，他们把雪球堆成一道矮墙，再用雪把雪球之间的缝隙堵住，城堡就完成了。

接下来，他们分头做小雪球。他们冲着雪呵气，把它们捏硬。等他们做了几十个硬邦邦的小雪球后，就可以开战了。罗雷把一根木棍抛向空中，棍子落下来的时候，他一把抓住。詹姆斯的一只手放在罗雷的手上，接着，罗雷把另一只手放在詹姆斯的手上面。就这样，你一下，我一下，一直握到棍子的尽头。因为詹姆斯是最后一握，所以他就负责守城堡。

雪球飞来飞去，阿曼乐一边躲闪一边把雪球赶快扔出去，很快雪球就被扔光了。罗雷带着弗兰克冲上城堡，阿曼乐跳了起来，扑到弗兰克身上，两个人在雪地里滚来滚去。尽管阿曼乐满嘴都是雪，但他依然死死地抱住弗兰克，使劲儿揍着他。弗兰克猛一用力，把阿曼乐压在了身下，但阿曼乐很灵活地又翻过身来。弗兰克的脑袋撞在了阿曼乐的鼻子上，阿曼乐的鼻子流血了，但他毫不在意，翻过身来骑在弗兰克身上，将他埋在雪堆里，大声喊着："快投降！"

弗兰克气得直哼哼，拼命扭动身体。他转过了半个身，但是阿曼乐还是骑在他身上。他快把阿曼乐甩下来了，于是阿曼乐用尽全力把身体往下压，将弗兰克的脸往雪里按。终于，弗兰克喘着粗气说："饶命啊！"

阿曼乐站了起来，他看见妈站在门口冲他们喊："孩子们，别玩了，快进屋来暖和暖和吧！"

其实他们现在一点儿都不冷，相反还都热得呼呼喘着粗气呢。但是妈和婶婶们还是觉得在他们坐上冷飕飕的雪橇回家以前，应该好好暖暖身子。孩子们浑身上下都是雪，跌跌撞撞地进屋了。妈举起双手惊叫起来："天哪！"

大人们正在客厅里聊天，而男孩们只能待在餐厅里，因为他们身上的雪会弄湿客厅里的地毯。他们也没法坐下来，因为椅子上铺着毛毯和皮褥子，被火炉烘着。他们只得站着吃苹果、喝苹果汁。阿曼乐带着亚伯纳偷偷跑进了食物贮藏室，吃大盘子里的甜点。

过了一会儿，叔叔婶婶和堂姐妹们都穿好了外套，把熟睡着的宝宝也抱了出来，裹在披肩里。雪橇叮当叮当地响着从牲口棚驶出来了，爸妈把毛毯和皮褥子盖在女孩们的裙子上。大家都大喊着:“再见啦！再见啦！”

雪橇的铃铛声越来越小，最后消失在茫茫的雪地里。愉快的圣诞节就这样结束了。

第二十七章

拉木头

跟每年一样，学校在一月份开学。但阿曼乐可以不去上学，因为他要帮爸去把木材运回来。

在霜冻的早晨，太阳还没有升起，爸就把大公牛套在大雪橇上了，阿曼乐也把两只小牛套在自己的小雪橇上。星星和亮亮已经长大很多了，以前的轭都用不了了。但是大公牛用的轭又太沉，阿曼乐无法给它们套上。皮埃尔帮他把大牛轭架到星星的脖子上，路易斯则帮着将亮亮推到牛轭的另一边。

小公牛整个夏天在牧场懒散惯了，现在一点儿也不想干活儿。它们摇头晃脑地不配合，总想挣脱轭的束缚。阿曼乐艰难地固定好牛轭，插上了栓子。

阿曼乐知道，自己必须有耐心，态度要温和，虽然有的时候他真想揍它们。他温柔地抚摸着小牛的脑袋，喂它们胡萝卜吃，轻声细语地哄着它们。等他把牛轭套上，再把小牛套上雪橇时，爸已经准备出发了。

阿曼乐跟在后面。他吆喝着“驾”，它们就往前走；他挥着鞭子喊“嚯”，它们就往左拐，喊“咯”，它们就往右拐。小公牛吃力地在雪地里走着，上山下坡。阿曼乐赶着雪橇，皮埃尔和路易斯坐在他身后。

阿曼乐十岁了，他现在正坐着自己的雪橇，驾着自己的小公牛去林场拉木头。

森林里，雪在树上堆得老高。云松和雪松的一部分枝条被雪埋了起来。已经完全看不到路了，白茫茫的雪地上，只有一些小鸟和兔子在上面跳过留下的脚印。

在寂静的森林里，能清楚地听见从远处传来斧头砍树的声音。

爸的大公牛深一脚浅一脚地往树林里走，雪橇后面已经压出一条路来。阿曼乐的小公牛跟在后面，走起来很吃力。在森林深处走了一会儿，就到了乔伊叔叔和约翰叔叔砍树的地方。

地上到处都是砍下的树木，有一半都埋在雪里。约翰和乔伊将它们锯成十五英尺长的木段，其中一些直径足有两英尺。这些木头分量可不轻，没有六个人肯定是搬不动的，但是爸必须把木材都弄到雪橇上。

爸把雪橇停在一根圆木的旁边，约翰叔叔和乔伊叔叔过来帮忙。他们手里都拿着当滑板使用的非常结实的木棍。先把木棍的一头插到木头下方，另一头则斜着搭在雪橇上。接着，他们又拿来伐木钩。这是一种两端尖尖的并带有一个大铁钩的伐木工具。

爸站在中间，约翰叔叔和乔伊叔叔站在木头两边，用伐木钩的尖端抵住木头，当他们抬起伐木钩，大铁钩就会钩住木头，让它向上滚动一点儿。爸用铁钩钩在木头的中间，防止它滚下来。这时，约翰叔叔和乔伊叔叔迅速地把铁钩滑到木头的下面，钩住木头。然后，他们又把木头向前推了推，爸再次用钩子稳住木头，他们再接着滚木头……

就这样，木头一点儿一点儿地沿着滑板滚上了雪橇。

阿曼乐没有伐木钩，只能自己想办法把木材弄上他的小雪橇。他找来三根笔直的小树干当滑板，又找来一些结实的短木棒。这些木头的直径只有八到九英寸，但是有十英尺长，弯弯曲曲的，真是不太好弄。

阿曼乐让皮埃尔和路易斯站在木头两边，他像爸那样站在正中间。就这样，他们抬啊、推啊、撬啊，相互配合着，终于把木头成功地推上了小雪橇。他们的木棍上面没有铁钩，因此干起活儿来就比较吃力。

装了六根木头以后，他们还得再多放一些，这样一来，滑板往上倾斜的坡度就更陡了。爸的雪橇已经装好了，阿曼乐必须得加快速度了。他甩了一下鞭子，指挥星星和亮亮来到最近的一根木头前。

这根木头一头粗、一头细，这样就不能均匀地滚动。阿曼乐叫路易斯站在木头细的那一头，告诉他不要让木头滚得太快。

当皮埃尔和路易斯将木头往上滚动了一英寸以后，阿曼乐就急忙用木棍抵住它，皮埃尔和路易斯继续滚动着木头，他们将木头滚得越来越高。

阿曼乐使出全身的力气抵住木头。他两只脚紧紧踩在地上，拼命咬紧牙关，脖子绷紧，眼睛似乎快要蹦出来了。这时，整个木头突然开始往下滑。木棍从他的手中飞了出去，正好打到他的头，紧接着木头也朝他滚了过来。阿曼乐还没来得及闪开，木头就把他砸进了雪堆里。皮埃尔和路易斯吓得哇哇大叫。爸和约翰叔叔连忙跑过来，将木头搬开，阿曼乐这才爬了起来。

“儿子，伤到哪儿了？”爸忙问。

阿曼乐很想吐，不过他忍住了，对爸说：“没事，爸。”

爸摸了摸他的胳膊和肩膀，说：“还好，没有伤到骨头。”爸松了一口气。

“幸好雪很厚，要不然肯定会伤得不轻。”约翰叔叔说。

“儿子，出点儿意外是难免的，”爸说，“下次小心点儿就好了。在林场里，自己一定多留神。”

阿曼乐这时候真想躺下来歇一会儿，他的头好痛啊，肚子也痛，右脚更是痛得要命。可他还是帮着皮埃尔和路易斯把原木顺过来，但这次就比刚才慢了很多。终于，他们把木头推上了雪橇。这时候，爸已经拉着木头走远了。

阿曼乐决定不再添加木头。他爬到雪橇上，甩了一下鞭子，大声喊：“驾！”

星星和亮亮往前拉了一下，雪橇一动都没动。星星又试着用力拉，可是雪橇还是稳稳地待在那里。亮亮也一样用力拉着，雪橇一样没有动弹。它们都沮丧地停下来。

阿曼乐把鞭子甩起来，大声嚷着。

星星和亮亮又试了一下，雪橇还是纹丝不动。它们喘着粗气，无助地站着。

阿曼乐快要急哭了，他使劲儿吆喝道：“驾！驾！”

约翰叔叔和乔伊叔叔停下手里的活儿走了过来。

“你们装得太多了。”乔伊叔叔说，“你们得下来走路。阿曼乐，别着急，要是你没有足够的耐心的话，你的小公牛可能以后就不听你的了。”

阿曼乐连忙爬下雪橇，抚摸着小牛的脖子，挠了挠它们的耳朵。之后，他调整了一下牛轭的位置，和小公牛温柔地说了会儿话，这才站在星星的旁边，甩了一下鞭子，大叫：“驾！”

两头小牛一起向前用力，终于拉动了雪橇。

皮埃尔和路易斯跟在雪橇后面，在雪橇压出来的痕迹上走，但阿曼乐得走在星星的旁边，踩着厚厚的雪，所以走起来非常吃力。

阿曼乐走到家里放木头的空地，爸很高兴他可以独自走出森林回家了。

“儿子，路上的雪都还没有被压实呢，下次你不能装这么多木头。”爸说，“而且，你以后要教两头小牛一起使劲儿，如果它们习惯了一拉不动就放弃，那它们以后就没兴趣拉车了，到时候两头小牛就被毁啦。”

中午阿曼乐吃不下饭，他感到很不舒服，而且脚也很疼。妈让他下午在家休息。但是，阿曼乐认为不应该被一个小小的意外打倒。

不过，阿曼乐放慢了速度。在去森林的路上，他看到爸拉完一雪橇的木头往回走了。他知道，空雪橇应该给满载的雪橇让路。于是他甩了一下鞭子，大喊：“咯！”

星星和亮亮很想朝右边转，但阿曼乐还没来得及惊叫，它们就已经陷进路边深深的雪沟里。

两头小公牛不像大公牛知道该怎么回到路上，所以它们哼哼着、笨拙地挣扎着，在雪里越陷越深。它们拼命想转过身来，但是牛轭抵着它们，差点儿把它们勒死。

阿曼乐也跟着在雪地里扑腾，试图抓住小公牛的头。爸在经过的时候，回头看了他一眼，然后就驾车回家了。

阿曼乐抓住了星星的头，小声地安慰它。皮埃尔和路易斯也抓住了亮亮，两头小公牛不再胡乱挣扎了，不过，它们的大半截身子已经陷到雪堆里了，只有脊背和头还露在外面。

现在，他们必须得把小公牛和雪橇从雪堆里挖出来，可是他们没有铲子。没办法，他们只能手脚并用地刨雪了！过了很长时间，他们才把小牛和雪橇周围的雪清理出去了。接着他们又把雪橇

前面的积雪踩实，整理好雪橇的牵引杆、牛轭和链条。

做完这些，阿曼乐已经感到很累了，他特别想坐下来休息一会儿，但他还是咬咬牙站了起来，轻轻地拍打星星和亮亮，给它们鼓劲儿。阿曼乐还跟皮埃尔要了一个苹果，掰成两半，喂给星星和亮亮。等它们吃完了，阿曼乐甩了一下鞭子，大声喊："驾！"星星和亮亮都躬起身子，吃力地爬出雪坑，雪橇也被摇摇晃晃地拖了出来。

阿曼乐终于通过自己的努力克服了困难。

这时候，森林里的这条路差不多打开了。这一次，阿曼乐没敢装太多的木头，他驾着雪橇，踏上了回家的路，皮埃尔和路易斯坐在后面。

回家的路上，阿曼乐看到爸的空雪橇过来了，他心想，这回爸该给他让路了。

星星和亮亮轻快地往前走着，小雪橇在平滑的路面上向前滑行，阿曼乐的鞭子在寒冷的空气中抽动着，发出响亮的声音。爸的雪橇越来越近了，爸端坐在大雪橇上。

可能是星星和亮亮依然记着先前给大公牛让路的事，或者是它们畏惧那两头大公牛，慌忙转了方向，小雪橇的一侧滑行板滑进了松软的雪堆里。雪橇、木头和男孩们都被甩了出去。

阿曼乐被甩到空中，一头扎进了雪堆里。当他从雪堆里站起身时，发现整个雪橇都翻了过来，木头也散落了一地。小牛那红褐色的身体和四肢再一次深埋进了雪地里。而爸的大公牛则很从容地走了过去。

皮埃尔和路易斯从雪堆里钻了出来，生气地用法语又叫又骂。爸让大公牛停下，然后跳下雪橇走过来。

“我的天啊，儿子，咱们又碰面啦！”

阿曼乐和爸一齐向小牛望去。亮亮压在星星身上，它们的腿、链条和牵引杆全缠在一起。星星的耳朵被牛轭压着。两头小牛都吓傻了，躺在那里一动也不动。爸帮忙解开链条，让它们站起来，幸好它们没有受伤。

接着，爸帮阿曼乐把雪橇扶正，利用雪橇上的木桩作为滑板，把木头重新装到雪橇上。然后，爸往后一退，什么也没说。阿曼乐给星星和亮亮套上轭，耐心地安抚着它们，低声说了几句。

“这就对啦，儿子！”爸说，“跌倒了，再爬起来！”

爸驾着雪橇去林场，阿曼乐则赶着小牛继续往家走。

整整两个星期，阿曼乐一直在帮爸运木头，渐渐地他已经非常熟练了。他受了伤的脚一天天好起来，到后来就一点儿也不觉得疼了。

爸把运回来的木头劈成木柴并捆好，堆到柴房里。

几天后的一个晚上，爸说今年的木柴已经足够多了，妈说，如果阿曼乐想念书，就该去上学了。

阿曼乐说还有谷物要打，小牛也需要训练。然后又说：“妈，我已经会读会写了，为什么还要去学校呢？我又不想当老师，也不想当店主。”

“你是会读会写，”爸很严肃地说，“那你会算术吗？”

“我会的，爸。”阿曼乐说，“我可以算些简单的。”

“一个农夫必须要多懂些算术知识，儿子。你最好还是上学去吧！”

阿曼乐不再说什么，他知道说什么都没用。第二天，他提着午餐盒去上学了。

第二十八章

汤普森先生的皮夹子

爸今年存了非常多的干草，家里的牲口都吃不完，所以爸想拿一些干草到镇上去卖掉。爸到树林里砍了一根笔直光滑的白蜡木树干回来。他把树皮剥掉，然后用一根大木槌不停地敲打木头，一面敲一面转动，直到把去年夏天新长出来的那层木质敲软，露出里面的老木头。

之后，爸用刀子在树干上每隔一英寸半划出一道深口子，从一端划到另一端，然后把表面那层薄薄的、松软的木质层剥下来，这些就是白蜡树柔韧的木质纤维条。

阿曼乐看到牲口棚的地面上堆满了白蜡树木质条时，他知道这是爸要用来捆干草的，就问道："爸，我能帮你做什么吗？"

爸笑着对他眨了眨眼睛："好啊，儿子，那你明天就不用去学校了，在家里学学怎么捆干草吧！"

第二天早晨，韦德先生带着他的压捆机来了。阿曼乐帮他把机器放在大牲口棚的地面上。这个机器是一个高高的大木箱，箱子长度和宽度都跟一捆干草差不多，有十英尺高。木箱的上盖子可以紧紧地合上，箱底有两根铁的连轴，连接两个小轮子，可以在箱子两端伸出来的铁轨上滑动。

这种铁轨就像火车的轨道一样，所以这台机器也叫铁路压捆机，是专门用来捆干草的新型机器。

在牲口棚空场，爸跟韦德先生架起了一台绞盘，绞盘上有一根很长的转柄。从绞盘处伸出一根绳子，绳子穿过压捆机下面的轮子，和杠杆尾部滑轮上的绳子连在一起。

然后，阿曼乐把贝斯套在绞盘的转柄上。爸把干草叉进大木头箱子里，韦德先生站在箱子里把干草踩紧，直到箱子再也装不下干草为止。然后韦德先生扣紧箱盖，爸就告诉阿曼乐："好了，开始吧！"

阿曼乐紧了紧手中的缰绳，命令贝斯道："驾！"

贝斯就围着绞盘转圈，绞盘同时带动绳子，把杠杆的末端拉向压捆机，杠杆再推动活动箱底向上升。等箱底慢慢升起来，就使劲儿把干草往上挤压。绳子吱嘎吱嘎地响，箱子也格格地响，直到干草被挤压得紧紧的。

爸大喊："吁！"阿曼乐也连忙对贝斯喊道："吁！贝斯，吁！"

爸爬上压捆机，把白蜡树条从大木箱的缝隙里穿过去，紧紧地捆住干草，然后把它们打了一个死结。韦德先生打开箱盖，干草捆就从上面掉了下来。它重达二百五十磅，但是爸轻轻松松就能把它扛起来。

接着，爸和韦德叔叔重新调整压捆机，阿曼乐松开绞盘上的绳子，他们就开始捆第二捆干草。到傍晚时，爸说捆的干草已经足够啦。

阿曼乐坐在桌前吃晚饭，一心盼着不上学。他盘算着干草的价，嘴里不由自主地念出声来："一车有三十捆干草，一捆卖两块，一车能卖六十块……"他猛地停下来，闭上了嘴巴。因为他清楚在吃饭的时候，只有大人才能谈话，小孩子是不能乱说话的。

“天哪，你听见了没有？”妈说。

“儿子，好样的，书没有白念！”爸托起茶碟，喝了口红茶，然后放下茶碟看着阿曼乐，“学到的东西要会用才行。明天你跟我一起去镇里卖干草吧。”

“太好啦，爸！”阿曼乐欢呼着。

第二天早上，阿曼乐没有去上学。他爬上了高高的干草堆，高兴得双脚悬在空中乱踢。爸的帽子在他下面晃动，他的眼前是圆滚滚的马背。他感觉就好像在树上那么高。

满满一车的干草微微地摇晃着，车子咯吱咯吱地响，马蹄在坚硬的雪上发出低沉的声音。空气清新冷冽，天空一片瓦蓝，万里无云，被大雪覆盖的地面闪闪发光。

在特洛特河的桥边，阿曼乐看到路边有一个黑色的小东西。马车路过的时候，他探出身子，这才看清原来是一个皮夹子。他喊爸把马车停了下来。阿曼乐爬下去捡起了那个胀鼓鼓的黑皮夹子。

阿曼乐重新爬上了干草堆，马车继续向前走。他打开皮夹子，可是里面除了厚厚的一沓钱以外，什么证件都没有。

阿曼乐把皮夹子递给爸，爸让阿曼乐帮忙拉着缰绳。因为他在草堆上，所以前面的两匹马似乎离他很远，手里的缰绳不得不从高处拉住马轭。阿曼乐突然感到自己是那么小，但是不管怎样，他喜欢驾着马。他小心地握着缰绳，让马稳稳当当地向前跑。爸正在查看钱夹里的东西。

“一共有一千五百元！”爸说，“这到底是谁的呢？这个人一定是不放心把钱存进银行，否则不可能带着这么多的现金出门。这些钞票都皱巴巴的，看来带在身上已经有一段时间了。这些都是大面额的钱，还叠在一起，说明这些钱一定是一起得到的。谁会这么多疑，而且又在近期卖出了贵重的东西呢？”

阿曼乐什么也不知道，不过，爸似乎没有指望他能给出答案。马拐了一个弯，阿曼乐仍在驾驭它们。

“汤普森！”爸大喊一声说，“没错，去年秋天他把土地卖掉了，他疑心很重，吝啬得很，还爱财如命！肯定是他！”

爸把皮夹子揣进口袋，从阿曼乐手里拿回缰绳，说：“咱们去镇上，看能不能遇见他。”

到了镇上，爸把马车停在饲料店门前。这是家专门卖干草和各种饲料的商店，并且还代养马、售马。爸之前答应过让阿曼乐卖掉那些干草，所以他安静地站在一边，一句话也不说。阿曼乐带着老板看了看车上的干草，全都是质量上乘的牧草和苜蓿草，干干净净，还泛着光泽，而且每捆都很足秤。

“先开个价吧！”店老板说着。

“一捆两元两角五分。”阿曼乐不紧不慢地说。

“不行，这太贵了。”店老板说。

“那您能出多少？”阿曼乐问。

“两元一捆，多一个子我都不要。”

“行，就按您说的，两元，成交！”阿曼乐果断地说。

店老板看了看爸，把帽子推到后脑勺上，问阿曼乐，为什么开始的时候要价两元两角五分。

“您确定以两元一捆买下来吗？”阿曼乐问。店老板点了点头。

“是这样的，”阿曼乐说，“如果我直接开价两元，那您一定会压价，到最后就只能以一元七角五分成交了。”

店老板听了大笑着对爸说：“这个孩子可真机灵！”

“这个现在还说不准。”爸也笑着说，“很多人小时候聪明，长大了就很一般了。他将来究竟能怎么样，到时候才会知道。”

爸没有接店老板递过来的钱，而是让阿曼乐收下，数一数。

接着，爸就带着阿曼乐去科恩斯先生的商店了。科恩斯先生的商店里总是有很多人，可是爸很喜欢到这里来买东西，因为这里卖的东西比别人家都便宜。科恩斯先生最爱说："薄利多销嘛！"

阿曼乐和爸站在人群里，等着科恩斯先生招呼比他们先到的顾客。科恩斯先生对每位顾客都非常热情。爸对大部分人都很友好，但是有几个人，爸对他们就没有对另一些人那么友好。

爸把皮夹子递给阿曼乐，让他去找汤普森先生。因为爸得在这里排队等候，他担心回家晚了会耽误到牲口棚做杂活儿。

街上没有其他孩子，他们都在学校读书呢。阿曼乐拿着这么一大笔钱在街上走，很高兴，而且他心里想，汤普森先生看到那笔钱被送回来的时候，一定高兴极了。

阿曼乐一边走，一边看着旁边的店铺、银行和理发店。最后，他看到了汤普森先生的马车停在派多克先生的马车前面。阿曼乐连忙推开店铺的门走了进去。

汤普森先生正和派多克先生站在暖炉边，他们谈论着面前的一块山核桃木。阿曼乐站在旁边安静地等着，因为随便打断别人谈话是很不礼貌的。

店铺里非常暖和，散发出刨花、皮革和油漆的香味。有两个工人正在造马车，另一个工人在给新的轻便马车的轮辐画上红色的线。马车的车身漆得乌黑发亮，看起来十分气派。卷曲的木头刨花堆积如山，整个屋子就好像雨天的牲口棚一样暖和舒适。工人们一边吹着口哨，一边忙着在干净清新的木头上测量、画线、拉锯和刨平。

汤普森先生正在为他的新马车压价。阿曼乐能看出来，虽然派多克先生不喜欢汤普森先生，但他又很想卖出那辆车。派多克先生用铅笔计算着数字，然后试图说服汤普森先生。

“你看，我的价格不能再低了，不然连工人的工资都不够了。”派多克先生说，“我确保给你做一辆称心如意的马车，到时候如果你觉得不满意可以不要。”

“哦，我去别处看看，如果没有太合适的，我再回来。”汤普森先生显然对价格并不十分满意。

“随时愿意为你效劳。”派多克先生说。这时，他看见了阿曼乐，问他那头小猪长得怎么样了。阿曼乐非常喜欢这位身材高大、待人和气的派多克先生，并且他每次都跟他打听小猪露西的情况。

“它现在都快一百五十磅重了。”阿曼乐对他说，然后转向汤普森先生，“先生，您丢过一个皮夹子吗？”

汤普森先生一下子跳了起来，赶紧伸手去摸自己的口袋，然后大喊：“天哪，真的丢了！那里面可有一千五百块钱。怎么回事？你是怎么知道的？”

“是这个吗？”阿曼乐问。

“没错没错，就是它！”汤普森说着一把抢过皮夹子，取出钱，慌慌张张地数了起来。他连续数了两遍才放心，那个样子可真像个守财奴。

然后，他放心地舒了一口气，对阿曼乐说：“还好没被你这个脏孩子偷走。”

阿曼乐的脸涨得通红，他真想好好揍一顿这个讨厌的家伙。

汤普森先生把瘦得皮包骨的手插进裤子的口袋里，摸了半天，最后掏出一个东西递给阿曼乐。

“拿去！”说完，他把那个东西朝阿曼乐手里扔了过去。原来是一枚五分钱的硬币。

阿曼乐气得说不出话来。他恨透了汤普森先生，真想揍他一顿。汤普森先生居然叫他脏孩子，这不就等于说他是个小偷吗？他才不要汤普森先生的臭钱呢！突然，他想到了应该怎么说了。于是，阿曼乐把五分钱扔了回去，然后大声说："还是您自己留着吧，我可没有零钱找给您。"

汤普森先生那张尖酸刻薄的脸顿时变得通红。一个工人扑哧一声笑了出来。派多克先生走过来，一脸怒气地看着汤普森先生。

"汤普森，你怎么能把这个孩子当成贼呢？"他喊着，"他又不是乞丐。他把捡到的一千五百块钱一分不动地还给你，你竟然这样对待他？你不但把他当成贼，还羞辱他！"

汤普森先生吓得直往后退，但派多克先生不肯放过他，他那只猛力挥舞的大拳头就快要落到汤普森先生的鼻子上了。

"你可真是一个不折不扣的铁公鸡！"派多克先生说，"现在我知道这件事，你就别想轻松了事！在我的地盘，我绝不允许你这样对待一个善良、诚实、礼貌的好孩子。我要你从里面拿出一百元给他，快点儿！不，给两百元！我再说一遍，两百元，不然，看我怎么收拾你！"

汤普森先生想说点儿什么，阿曼乐也想插嘴说话。可派多克先生把拳头攥得紧紧的，胳膊上的青筋都突出来了。

"两百元！拿出来，不然我就揍扁你！"

汤普森先生吓得缩成一团，看着派多克先生发抖，他舔了一下拇指，从皮夹子里捻出几张钞票递给阿曼乐。

阿曼乐说："派多克先生……"

"现在就给我滚，如果你知道点儿好歹，就滚得远远的！"派多克先生大喊着。等阿曼乐反应过来，意识到自己手握钞票站在原地时，汤普森先生已经砰的一声关上了门。

阿曼乐紧张得说话都结巴了。他说爸肯定不会同意的。他拿着这些钱也感觉有些怪，虽然他很希望能留下这笔钱。派多克先生说，他会去跟爸解释的。他放下卷着的袖口，穿好外套，问：“你爸现在在哪儿？”

派多克先生大步流星地在前面走，阿曼乐一路小跑地跟在他的身后，手里紧紧地攥着那些钞票。爸正把几包货物搬上车，派多克先生就把刚才发生的事情一五一十地告诉了爸。

“当时我真想一拳打烂他的脸，”派多克先生说，“但是我突然想到，对这种爱财如命的人，罚他钱才是最好的惩罚。而且，我认为孩子有资格得到这些钱。”

“阿曼乐只是做了他该做的事情而已，”爸说，“不过，我很感谢你能为这件事打抱不平。”

“我并不是说阿曼乐把捡到的钱还给汤普森就必须得到回报。”派多克先生解释说，“可是，阿曼乐把钱还给了他，反而还受到了侮辱。实在是太过分了！”

“嗯，你这样说确实有道理。”爸说，“好吧，儿子，这笔钱就归你啦！”

阿曼乐把钱整理了一下，然后看着这些钱发呆。天哪！整整两百元呢！去年那个商人就是用两百元买走了一匹四岁的小马。

“派多克，谢谢你为我的儿子做的一切！”爸说。

“这没什么，我就是看不过去。我才不在乎失去一个顾客呢！”派多克先生说。他接着问阿曼乐：“你想用这笔钱做什么？”

阿曼乐看着爸，问：“我可以把它们先存进银行吗？”

“那就是放钱的地方。”爸说，“很好呀，两百元呢！我在比你大一倍岁数的时候才有这么多钱。”

“我也是，我有这笔钱的时候比詹姆斯还大。”派多克先生笑着说。

爸带着阿曼乐去了银行。阿曼乐透过柜台看到一位出纳员坐在高脚凳上，耳朵后夹着一支笔。出纳员把头伸了出来，对爸说："先生，把这笔钱存到您的账户上吗？"

"不，"爸回答道，"这些钱是孩子自己的，让他自己打理，他也不小了。"

"好的，先生。"出纳员说完，让阿曼乐把自己的名字写了两遍。接着，出纳员认真地点了一下钱，在一个小存折上写下了阿曼乐的名字，还写下了两百美元，然后将存折递给了阿曼乐。

阿曼乐和爸走出了银行，他问爸："我怎么才能把这些钱取出来呢？"

"你向他们要，他们就会给你。但是，儿子，你得记住，钱放进银行，它就可以给你赚钱了。一块钱每年有四分钱利息，这可比别的赚钱方式容易多了。所以每当你想花掉一角钱的时候，你都该停下来想一想，你要付出多少劳动，才能挣到一块钱。"

"爸，我明白了。"阿曼乐回答说。他心想，现在他的钱买一匹马驹绰绰有余了。他可以训练和调教这匹属于他自己的小马驹啦！爸是不会同意他训练爸养的小马驹的。

不过，这令人兴奋的一天还没有结束呢！

第二十九章

农庄男孩

阿曼乐和爸在银行又看到了派多克先生，他对爸说，他有一个好主意。

“我早就想跟你说了，”他说，“是关于你儿子的事情。”

阿曼乐听说是跟自己有关的事，吃了一惊。

“你想过让这个孩子跟着我学做马车吗？”

“噢，没有。”爸说，“从来没想过。”

“那么，你想一想吧！”派多克先生说，“怀德，我们的国家现在发展得很快，人也越来越多了，那么，人们对马车和货车的需求量就会逐渐增加。我们的客户也会越来越多。对于这样一个聪明的孩子来说，这是个很有前途的行业！”

“嗯，听上去很有道理。”爸说。

“我没有儿子，但是你有两个。你应该好好考虑一下阿曼乐的前途。如果让他做我的学徒，我一定不会亏待他的。如果一切顺利的话，我的事业就让他来继承。他会变得很有钱，也许会有一百个工人给他打工呢！所以，这件事值得好好考虑一下。”

“好的，”爸说，“我回去好好想一想。真谢谢你，派多克，你替孩子想得真周到。”

一路上，爸都没怎么说话。阿曼乐坐在爸的身边，也没有说话。今天发生的事情太多了，阿曼乐的脑子有点儿乱。

阿曼乐想起了那个出纳员沾着墨汁的手指，汤普森先生撇起的嘴角，派多克先生紧握的拳头和他那个非常温暖又热闹的马车店。

他知道，如果去做派多克先生的学徒，就再也不用去上学了。

阿曼乐其实很羡慕派多克先生铺子里的工人，他们的工作非常有趣：锋利的刻刀从木板的边缘划过，手指轻轻敲打光滑的木头。阿曼乐也喜欢这样做，他喜欢给木板刷油漆，喜欢用细细的尖头刷子刷出笔直的线。

一辆马车做好后，刚上漆的车身闪闪发亮。每一块木板选用的都是上好的山桃木或橡木。车轮漆成了红色，车厢涂成了绿色，后挡板上还绘着一幅精美的图案。每当这时候，工人们可骄傲啦！他们做的马车就像爸做的大雪橇一样又牢固又耐用，但比雪橇漂亮多了。

阿曼乐用手摸了摸口袋里的那个小存折，突然想到了小马。他多想要一匹和星光一样长着大眼睛、目光温和、四肢纤细的小马驹啊！他一定要教它很多东西，就像他训练星星和亮亮一样。

一路上，阿曼乐和爸谁都没有说话。四周静悄悄的，天气特别冷，所有的树木看起来就像是画在雪地和天空之间的黑线。

回到家，已经是做杂活儿的时候了。阿曼乐跟每天一样去干自己应该干的活儿。不过，他还是抽空偷偷去看了一会儿星光。他轻轻地抚摸它那像丝绸般柔软的鼻子，疼惜地抚摸它的脖子，星光用柔软的舌头舔阿曼乐的袖子。

“阿曼乐，你在哪儿？”听到爸的呼唤，阿曼乐连忙跑去挤牛奶。

吃晚餐的时候，阿曼乐埋着头吃饭，一句话也不说。妈则谈论着当天发生的事情。她说她一辈子都没有遇到过这种事！可是她不明白为什么爸不愿意讲得更详细一些。其余的时间里，她问一句爸就答一句，爸就像阿曼乐一样，只顾埋头吃饭。终于，妈问他："詹姆斯，你到底有什么心事啊？"

爸这才把派多克先生想让阿曼乐去当学徒的事情告诉了妈。妈眨了眨棕色的眼睛，脸色通红，就像她穿的毛衫一样红。她放下了手里的刀叉。

"真不敢相信派多克先生有这种想法！"她说，"告诉他最好早点儿打消这个念头。为什么要让阿曼乐去镇上听别人使唤呢？"

"可派多克能赚大钱！"爸说，"照他的说法，他每年存进银行的钱应该比我还多。他觉得这对年轻人是个好机会。"

"哼！"妈就像一只愤怒的母鸡，"如果人人都离开农场去镇上挣大钱的话，那这个世界就危险了！要不是靠我们，派多克先生怎么会赚到钱？要不是农场需要货车，他的生意早就撑不下去了！"

"这话没错，不过……"

"没有什么'不过'！"妈说，"我眼看着罗雷不务正业，只想做什么生意，就已经够让人伤心的了。就算他真的赚到钱又怎样？他可能一辈子都要对别人点头哈腰的，再也不会成为像你这样的人！他永远都没办法主宰自己的生活！"

妈越说越激动，阿曼乐觉得她马上就要哭出来了。

"好了，好了！"爸安慰妈说，"你不要想太多啦，也许不管走哪一条路，都会有好的结局呢。"

"不！我不想让阿曼乐也变成这样。"妈哭泣着说道，"我不想，你明白吗？"

"我跟你的想法是一样的。"爸说，"但是，我们得让孩子自己决定。按照法律，在他二十一岁成年以前，我们有权利把他留在农场，但是如果他执意要走的话，你就算留得住他们的人，也留不住他们的心。所以，如果阿曼乐跟罗雷想法一样，还不如趁早让他去派多克先生的店里呢！”

阿曼乐仍旧一声不吭地吃着晚餐，但他一直在听爸和妈说的话。他正在品尝烤猪肉的美味和苹果泥的香甜。他喝了一大口冰牛奶，然后把餐巾往脖子里塞了塞，又拿起一块南瓜派。

他把金黄色的南瓜派最松脆的那一头切下来，蘸了蘸辣椒酱和糖。南瓜派在他的嘴里融化了，他的嘴巴和鼻子都感觉辣辣的。

“不行，他还太小，哪里懂得做什么决定！”

阿曼乐又吃了一口南瓜派。要是在平时，如果大人不问，小孩子是不能随便说话的。但他已经很清楚自己想要的是什么了，他以后要过像爸一样的生活。他一点儿也不想成为像派多克先生那样的人。派多克先生不得不讨好像汤普森这样的小人，否则就做不成马车生意。爸就不同，他是自由独立的，即使他要去讨某人的喜欢，那他也是心甘情愿的。

这时候，阿曼乐听到爸正对他说话。他连忙把嘴里的东西咽下去，差点儿被噎到了。

“儿子，你听到派多克先生想收你做学徒了吧？”爸的表情非常严肃。

“嗯，我听见了，爸。”

“那你是怎么想的？”

阿曼乐一下子愣了。他没想到自己还能发表意见，无论爸怎么安排，他都会照着去做的。

“儿子，你好好考虑一下。我想还是由你自己来做决定比较好。如果跟着派多克先生，你的日子会比现在过得舒服一些，你不用再经受风吹日晒。尤其是寒冷的冬天的夜晚，你可以美美地躺在床上睡大觉，不用担心牲口会被冻坏。无论是晴天还是雨天，你都可以安心地待在屋子里。你可以吃得饱、穿得暖，并且银行里也能有很多存款！”

“詹姆斯！”妈大声叫着。

“我说的都是事实，我们必须让孩子知道实情。”爸说，“但是事情一般都有两面。如果你决定跟着派多克，你就得留在镇上依靠别人生活，你得到的每一样东西，都是从别人那里得来的。而农民靠的是土地、天气，还有就是靠自己。你种什么就吃什么，你可以穿自己织的衣服，用自己种植的树木搭建房子。虽然你会很辛苦，但是没有人能对你指手画脚，你也不用看任何人的脸色过日子。当一个农民，你是自由而独立的。”

爸和妈都目不转睛地盯着他。阿曼乐有些不自在。他并不想去镇上生活，去讨好自己并不喜欢的人，最重要的是，那样自己再也不会拥有马、牛和田地了。他非常想做一个像爸一样的人，可是，他不想把自己的想法和盘托出。

“你慢慢想，儿子，一定要想清楚。”爸说，“你自己的事情自己拿主意。”

“爸！”阿曼乐喊道。

“嗯，儿子？”

“我真的能说出我的内心想法吗？”

“当然！”爸鼓励他说。

“我现在想要一匹小马，我能不能用那两百元钱买一匹属于自己的小马，然后去训练它？”

爸开心地笑了，连胡须都在笑容中慢慢地舒展开来。他扯下餐巾，然后靠在椅子上，看着阿曼乐说：“儿子，那些钱，还是存在银行里吧！”

听到这句话，阿曼乐觉得一颗心忽然沉了下去，可是突然间，全世界似乎都充满了耀眼的光芒，因为他听到爸又继续说：“如果你真的想要一匹小马，那我就把星光送给你吧！”

“真的吗？爸！”阿曼乐太兴奋了，他简直都不敢相信这是真的，“它完全属于我吗？”

“儿子，它是你的了。你可以训练它、驾驭它。等它四岁时，是卖掉它还是留着它，都由你来决定。你明天早晨要做的第一件事，就是把星光牵出来，按照你自己的方法调教它！”